婚約破棄後、追放された悪役令嬢は隣国の英雄王子に溺愛される

猫屋ちゃき

Vanilla文庫

婚約破棄後、追放された悪役令嬢は隣国の英雄王子に溺愛される

目次

イラスト／里南とか

第一章

先ほどまでゆったりと奏でられていた優雅な音楽がぴたりと止《や》んだことで、リアーネは〝そのとき〟が来たのだと悟った。

〝そのとき〟が来るのを、子供のときからずっと待っていたから。

今夜は、ミルトエンデ王国の王宮で開かれる特別な夜会だ。

社交界デビューを迎えた若い貴族の令息令嬢たちを、国王夫妻が祝《ことほ》いでやり、社交界へと迎え入れる大変ありがたい夜会である。

国王夫妻が新顔たちへ言葉をかけたあとは、通常通りの夜会と変わらない。ただ、大勢の貴族が参加するため、規模が大きい。

どれだけ熱心に会場を回っても、知り合いすべてに挨拶をすることはかなわないだろう。だから、各々談笑したりダンスをしたり、今年の社交シーズンの始まりを感じるために楽しむのが主な目的となっている。

デビューしたばかりの若者たちの熱気にあてられてか、毎年通常の夜会よりも何となく華やかでにぎやかな雰囲気になるのが常だ。

だが、その楽しい空気にこれから水を差す出来事が起きる。

「リアーネ・アーベライン」

人波を割るようにして、ひとりの若者がリアーネの前に進み出た。その傍《かたわ》らには、不安をにじませた顔の令嬢がいる。

若者は、この国の貴族を束ねる公爵家のひとつ、フラウヘルド家のカースティンだ。そしてその腕にしがみついて震えているのは、子爵令嬢プリシア・パイゼル。

(今日も大きな目を潤ませて震えちゃって、可愛《かわい》いわね。さすがヒロイン)

プリシアに目をやって、リアーネはそんなことを心の中で思った。

金色のふわふわの髪に、淡いピンク色のドレスが似合っている。華奢《きゃしゃ》な体つきにもかかわらず、胸部には豊かな肉づきがあって、まさに〝理想の女の子〟を体現しているなという印象だ。

こんな可愛い子に好意を向けられて甘えられたら、大抵の男がメロメロになってしまうだろう。リアーネは自分が男だったら簡単に陥落する自覚があった。

だから、婚約者であるカースティンが彼女にベタ惚《ぼ》れなのも、何の違和感もなく受け入れている。仕方がない。プリシアは可愛くて特別なのだから。

「こうして僕に声をかけられてもプリシアをそのような目で睨《にら》みつけるとは……やはり君

は、性根が腐りきった悪女なのだな」

ただ見ていただけなのに、その視線をカースティンは睨んだと受け取ったらしい。プリシアも、怯《おび》えたように彼の背に隠れる。

ここまで悪に仕立て上げられると面白いなと思ってしまったが、この場面で笑うわけにはいかず、リアーネは急《せ》いで扇子で口元を隠した。

何より、これは自分の人生において大事な局面だ。笑っている場合ではない。

「睨んでなどいませんわ。ただ、今宵《こよい》もプリシア嬢は可愛らしいなと思いまして、つい見惚《みと》れておりましたの。その可愛らしさに目を奪われてしまう気持ちは、カースティン様もよくおわかりでしょう?」

リアーネの鍛えられた腹筋から、よく通る声が響く。

ここは大舞台。しっかり台詞《せりふ》を聞き取ってもらえなければ意味がないと、今夜は出発前に発声練習までしてきたのだ。

「この期に及んでそのような嫌味《いやみ》を言うとは……き、君にはほとほと呆《あき》れ返《かえ》るな!」

嫌味ではないのだが、どうあってもリアーネを悪者にしたいらしくカースティンは必死だ。必死すぎて噛《か》んでいる。

ここでいかにプリシアのことを可愛いと思っているのか説明してもいいのだが、それで本題からずれてしまっては元も子もない。

今日のこの日のために、リアーネはずっと心構えと準備をしてきたのだ。だから、カースティンの次の言葉を待った。

「性悪な君とは結婚できない！　よって、婚約破棄させてもらう！」

背にプリシアを庇《かば》い、カースティンは高らかに宣言する。

その言葉こそ、リアーネが待っていたものだった。

八歳の頃に記憶を取り戻してから、かれこれ十年ほども待ち望んだ瞬間がようやく訪れたのだ。

リアーネは、八歳のときに高熱を出したことがきっかけで前世の記憶を取り戻した。

そして、この世界が前世で楽しく読んでいた少女漫画『白百合は公爵に手折られる』の世界であることに気づいた。

『白百合は公爵に手折《たお》られる』は、子爵令嬢プリシアが王宮に行儀見習いとしてのぼったのをきっかけに公爵家の美貌の貴公子カースティンと出会い、彼と身分違いの恋に落ちるといった内容だ。

プリシアは持って生まれた愛らしさと天真爛漫《てんしんらんまん》さによって悩みを抱えたカースティンを癒やし、彼を立派な公爵家の跡取りになるよう支えるのだ。物語の中では彼のライバルや婚約者からの妨害があり、結ばれてからは近隣国との争いによって一時引き裂かれたりと、波乱万丈な二人の恋模様が描かれている。

　特に盛り上がるのが、カースティンの婚約者を断罪し婚約破棄する夜会のシーンで、プリシアのために性悪な婚約者に立ち向かう彼の姿に、プリシアだけでなく読者たちも胸をときめかせたものだ。

　リアーネも前世、そのシーンを楽しく読んだ読者のひとりだったが、その記憶を取り戻した以上、二度と楽しいなどと思えなくなった。

　なぜなら、その婚約破棄される悪役令嬢こそ、自身であることを思い出したからだ。

　物語の中でプリシアに嫉妬して散々意地悪をした結果、リアーネはカースティンから婚約破棄される。その後、家族からも見限られ、半ば追放される形で家を追われるのだが、流れ着いた先の気候が合わず、病の末に命を落とすのだ。

　作中で細かく描かれはしなかったが、リアーネは若干呼吸器の疾患があり、体は丈夫ではなかった。そのため、合わない土地で体を弱らせた結果、亡くなってしまうのである。

　記憶を取り戻した八歳のとき、すでにカースティンとの婚約は成立していた。公爵家に父がうまいこと売り込んで、まだ子供であるうちに婚約を結んだのだ。

（このままだと将来、私は婚約破棄された挙句、追放先で死んでしまうのね……詰んでるわ）

　病み上がりの頭で、リアーネはいろいろ考えた。どうやれば最悪の事態を回避できるだろうかと。

リアーネの中で、カーステインが物語の主人公であるプリシアと結ばれるのは仕方がないことだった。そこを無理に変えたいとは思わない。

しかし、追放先で死んでしまうのだけは、どうにか避けたかった。

では、社交界で出会うことになるプリシアに意地悪をしなければいいのではないかと思ったが、すぐにそれも難しそうだと気づいた。

なぜなら、意地悪や嫌がらせの実行犯はリアーネではない。主犯は、アーベライン家の者だ。おそらく父や母に指示された使用人などが、様々な嫌がらせを行っていたのだろう。

それがわかったのは、アーベライン家はリアーネをカーステインの婚約者の座につけるまでに、ライバルとなり得る家や令嬢に数々の妨害行為をしていたと知ったからだ。

調べてわかったのではない。兄が自ら教えてくれたのだ。

兄はあるときリアーネを捕まえると、「お前を未来の公爵夫人にするために、俺や父様たちがどれほどの労力を払ったかよく覚えておけ。蹴落とされるな。邪魔者は蹴散らせ。手段は選ばず必ずや目的を果たすんだ」と高らかに言い放った。

（我が家、清々《すがすが》しいほどの卑怯者《ひきょうもの》の家系なのだわ……）

将来悪役令嬢と呼ばれるに相応《ふさわ》しいバックボーンを持って生まれたことに気づいたため、良い子になるのはあきらめた。

そして残された道が、〝追放先で死なないよう体を鍛える〟というものだったのだ。

呼吸器が弱い人は肺を鍛えると良いと前世で聞いたことがあったため、リアーネはまずウォーキングから始めた。最初は五分も歩けば息が上がって苦しくなっていたのを、毎日コツコツ歩き続けて、そのうちに領地の村を歩き回っても平気なまでの体に仕上げた。前世、会社帰りにヨガやジムに通っていたのが活《い》きている。

肺を鍛えて体を動かすのが楽になってくると、適度な筋肉も必要だろうと筋トレもするようになった。筋肉がついてくるとダンスや乗馬のレッスンも楽しくなり、いつしか嗜《たしな》み以上の腕前を身に着けていた。

そして、社交界デビューする十六歳になる頃には、健康で立ち姿の美しいレディになっていたのである。

自身が体を鍛えて立派になってくると、これまで魅力的に感じていたカースティンをあまりよく思えなくなっていた。可愛《かわい》い系《けい》のアイドルのような甘い顔立ちの彼は、体つきもそれに相応しくほっそりとして華奢な印象だ。

前世でも細マッチョが好きだったことを思い出してしまうと、将来的に浮気をするのだという物語の展開も相まって、彼に興味は持てなくなっていた。

だから、あとは婚約破棄されるのを待って、追放ではなく華麗に逃走しようとこの日を待ちわびていたのである。

「僕は、冷たく陰湿な君との関係にうんざりしていたとき、プリシアと出会った。そして傷ついた心を癒やされ、真実の愛に目覚めたんだ！」

カースティンは自分とプリシアの関係の正当性を主張するため、語気を強めて言う。

手と手を取り合い、純愛を訴えてはいるが、事情を知っているリアーネはそれを呆《あき》れて聞いていた。

（真実の愛とか清廉《せいれん》な言葉を使ってるけれど、やることとやってる人たちにそんなこと言われてもなぁ……）

物語の中で、いわゆる〝朝チュン〟描写ではあったものの、二人に肉体関係があることは明示されている。婚約者がありながら別の令嬢に手を出す男も、婚約者がいると知っていながらその男に抱かれる令嬢も、彼らが主張するピュアな存在ではないとリアーネは思うから、純愛ぶる姿に笑いが出てきてしまう。

念のため、彼らが王宮内の与えられた部屋で行為に及んでいる証言は取っている。

王宮勤めの女官たちに〝特別給金〟を渡すと、みんな喜んで知っていることを話してくれた。二人は激情に駆られて一度きりの関係を結んだのではなく、わりと頻繁に〝お楽しみ〟だったという。

それらの証拠を二人に突きつけるつもりはないが、知っているというのは心情的に強みになる。

　これまで、アーベライン家がプリシアに対して数々の嫌がらせをしていることについてかなりの罪悪感があったのが、彼らの所業を知ると全く何も感じなくなったのだ。極めて妥当とすら感じている。

「そんなプリシアに対して君は醜く嫉妬して、信じられないほどの嫌がらせをしてきた。だが、彼女は悪意にめげなかった。なぜなら、彼女は僕を愛してくれているからだ！」

「ええ。本当に大したものだと思います」

カースティンがあまりに元気よく言うものだから、リアーネもついうっかり本音で応じてしまった。

　だが、プリシアの胆力には心底感心していた。

　彼女は、アーベライン家からかなりの嫌がらせをされていたにもかかわらず、めげなかった。侯爵家と子爵家といえば、国内での立ち位置も力関係もわかりやすく差がある。

　そんな相手に嫌がらせをされれば、普通なら恐ろしさに縮み上がってしまうはずだ。

　実際に、プリシアの実家であるパイゼル家は彼女にアーベライン家を敵に回すようなことは慎むよう何度も注意をしていたようだし、ご機嫌うかがいをしてきている。

　それでも、彼女はカースティンと愛を育むことをやめなかったのだから、大した度胸といえるだろう。

「……そうやって、リアーネ様は私を脅せば引き下がるとお思いかもしれませんが、私は負けません！　だって、本当にカースティン様を愛しているのだもの！」

先ほどまでカースティンの陰に隠れていたプリシアが、目に涙をいっぱい溜《た》めてリアーネの前へと進み出た。

その姿は、事情を知らない者には健気《けなげ》に映るのだろう。

対して、そんな彼女と対峙《たいじ》するリアーネの姿は、悪そのものとして受け取られるに違いない。

黒髪に緑色の瞳、きつく見られがちな顔立ちも相まって、淡い色合いで構成される愛らしいプリシアと並ぶと、〝悪役顔〟が際立つなと自身でも思うのだ。

（さすがはヒロイン。今ので観衆たちの心を摑《つか》んだのね）

先ほどの台詞によって、場の空気が変わるのをリアーネは肌で感じた。そして、周囲の者たちが〝悪女〟が次にどんな言葉を発するのかを待っているのが伝わってきた。

ここで、婚約破棄を受け入れるといえば話は片づく。彼らに宣言したあと、颯爽《さっそう》と去ればいいだけである。

しかし、周囲に味方がいない状況がこれほどまでに緊張するとは思わなかった。何度もシミュレーションして、この日をうまく乗り切るためのイメトレだってしてきたはずなのに、初めて味わう本番の雰囲気に気圧《けお》されてしまった。

何より、ここから颯爽と去ることが許されない空気なのも感じていた。これは、周囲に取り囲まれて糾弾される流れかもしれない。

「そこの美しいレディ、私と一曲踊っていただけるか？」

何と言葉を発しようかとリアーネが内心冷や汗を流していたそのとき、人波から進み出るひとりの青年の姿があった。

その人は背が高く、細身でありながらしっかりと筋肉が乗った立ち姿をしている。凛々《りり》しい雰囲気や顔立ちから、美丈夫という言葉が相応しい人だ。銀髪に氷を思わせる灰青色の瞳が、彼を凛《りん》として見せてまるでひとふりの剣のような印象を与える。

こんな美丈夫がこの国の社交界にいたかしらと、首を傾《かし》げつつリアーネはドキドキしていた。思わぬ闖入者《ちんにゅうしゃ》に驚いているのもあるが、彼がひどく美しいからというのもある。

「あなたは……？」

「ここでは、あなたの魅力にあてられたひとりの哀れな男とでも名乗りましょうか。さぁ、どうか慈悲の心があるならば、私にひとときの夢を与えてください」

「えっ」

青年はリアーネの手を取ると、華麗に一歩を踏み出していた。

室内楽は、カースティンが〝婚約破棄劇場〟を始めたときから空気を読んで演奏をやめている。にもかかわらず、青年はまるで音楽が流れているかのように踊り始めた。

くるり、くるりと、彼はリアーネをリードして優雅に舞う。リアーネは、その動きに身を任せるしかないのだが、力強い彼のステップに流されるだけで、きちんと踊れているのだから不思議だ。

（すごいわ……ワルツが聞こえてくるみたい）

踊る二人を中心に、見事に人が避けていく。流れが変わったのが、肌で感じ取れた。これまでずっとカーステインとプリシアが主役だったのに、今は間違いなくリアーネと青年がこの場の主役だった。

「さすがだ。やはり君の美しい立ち姿は筋肉で支えられていると思ったが、こんなにダンスが達者だとは」

踊りながら、青年はリアーネをじっと見つめて囁《ささや》く。彼が自分を好意的に見てくれているのが視線と言葉で伝わってきて、リアーネの胸は熱くなる。

これまでずっとカーステインから向けられていた、嫌悪と侮蔑の眼差《まなざ》しとは全く異なっている。彼は、親によって決められた婚約者であるリアーネを疎んでいた。彼に相応しくあろうと努力すればするほど、彼の劣等感を刺激して嫌われていった。

だが、目の前の青年は違う。青年はリアーネに優しく微笑《ほほえ》みかけてくれる。ドレスの下に隠している筋肉のことを、見抜いて評価してくれている。

「あなたのリードがお上手だから……こんなに楽しく踊ったの、初めてです」

「それはよかった。ならば、ダンスの続きは私の国で踊っていただけるかな?」

「え?」

はにかみを浮かべてリアーネが応えると、青年は足元に跪《ひざまず》いた。そして、恭しくリアーネの手を取る。

「どうか私と結婚してくれないだろうか。ひと目見たときから、あなたの美しい佇《たたず》まいに惹《ひ》かれた。こうして踊ってみて、我が伴侶に相応しいと思った。だから、どうか共に来てほしい」

情熱的に求婚され、指の先にそっと口づけられ、リアーネは思考停止した。

(こ、こんなの、物語の展開になかった……)

予定では今頃、カースティンとプリシアに「二人はお似合いだと思うわ。どうぞお幸せに」と言って去っていたはずなのに。

まだ婚約破棄についての何の返事もしていないまま、唐突に流れが変わってしまっている。

「……と、言うわけなので、婚約破棄はお受けいたしますわ。お幸せに」

パニックになりながらも何とか当初の目的を思い出して、リアーネはそういうと一気に駆け出した。呆気《あっけ》に取られているカースティンもプリシアも何も返してこなかったが、この際どうでもいいことだ。

無理やりとはいえ、せっかくもとの流れに戻したのである。逃げるなら今しかない。

「あ、あの方は隣国の第二王子、〝大盾のシルヴェストル〟様じゃないか？」

正気に返った周囲の人々が、気にざわめき始める。そのざわめきの中からひと際大きな声が聞こえたが、リアーネに構っている余裕はなかった。

「すごいな！　令嬢とは思えない速度で走る」

「え、何でついてきて……？」

青年が走ってついてきているのに気づき、リアーネはギョッとした。王宮のダンスホールを駆け抜け、外に向かう階段を走り降り、馬車を待たせているところへ全力疾走しているのについてきているのだ。

やはり、立派な体軀《たいく》をしているだけのことはあるらしい。

走りながら冷静になったリアーネは、彼が機転を利かせてあのようなひと芝居を打ってくれたのだと気がついて、走るのをやめた。

「先ほどは、ありがとうございました。おかげでうまく切り抜けることができました」

リアーネが淑女らしくドレスの裾をつまんで頭を下げれば、青年は不思議そうな顔をしていた。凛々しい顔立ちをしているのに、浮かべる表情は可愛らしい。

「私の求婚のことを言っているのか？　それならば、お礼ではなく返事を聞かせてもらいたい」

「求婚って……あれはあの場を切り抜けるための小芝居ではないと？」

にっこりして言われ、リアーネは戸惑った。だが、わざわざ追いかけてきたのを考えれば、そういうことなのだろう。

（というより、この人誰？　こんなキャラ、漫画にいたっけ？）

前世の記憶を探っても、目の前にいる美貌の青年のことがわからない。というより、悪役令嬢リアーネの人生にこのようなキャラが関わることなどなかったはずだ。なぜなら、ここでほぼ物語から退場するようなものなのだから。

とはいえ、ここが本当に漫画の世界なのかどうかも実はわからないと思っている。異世界転生などという言葉はあくまでもフィクションだと思っていたから、こうして自分の身に起こっているのも信じられない。

人に話せば、気が触れたと思われるだろう。そして、証明する手立てもないのだ。

だが、どういう仕組みなのかわからないものの、前世で読んだ漫画と同じ名前の人間たちが、物語と同じ行動を取っているのならば、追放された先で死ぬ運命を背負ったキャラに生まれ変わったリアーネとしては、回避すべく動くのは当然だろう。

「もしかしたらご存じないかもしれませんが、私は悪名高いアーベライン家の息女、リアーネ・アーベラインです」

「知っているよ。噂《うわさ》で聞いたのと全く違った印象で、そこに惹かれた。何より、あんな大勢の前で吊《つ》るし上《あ》げられても動じない姿に、ますます興味を持ったのだ。堂々たる佇まいもさることながら、立ち姿、身のこなしにも美しさが現れている。その健康でしなやかな体は、一朝一夕で身につくものではないだろう。さぞや日々、鍛錬に励んでいることと見受けられる」

リアーネの名乗りに対して、青年は饒舌《じょうぜつ》に語った。淑女を褒める言葉としてはどうかと思うが、自分の日頃の努力を評価されたのが伝わってきて、リアーネは感激していた。

「……わかりますか？　健康のために体を鍛え始めたのですが、美しさには筋肉が必要だといつしか気がついたのです。だから、認めてくださる方がいて嬉《うれ》しい」

「他の者にはわからずとも、私にはわかった。なぜなら、私も日々鍛錬に励む者だからだ」

青年はそう言うと、再びリアーネの前にサッと跪いた。その敏捷《びんしょう》な動きは、やはり只者《ただもの》ではない。

「私はラウベルグ王国の第二王子、シルヴェストル。どうか、私と結婚していただけないだろうか」

「第二王子……」

とんでもない人に求婚されてしまったということと、名前を聞いてもやはり物語に出てきたかどうか思い出せなくて、リアーネは混乱していた。

だが、物語の展開になかったことが起きているのは良いことなのかもしれないと気づく。落ち延びるより隣国の王族に娶《めと》られたほうが、安泰に生きられる可能性は増すだろう。

何より、こんな悠長におしゃべりしている暇はないことを思い出す。

「そのお申し出、お受けしたく存じます」

「やった！」

「ですが、手伝っていただきたいことがあるのです」

喜ぶシルヴェストルを制し、リアーネはついてくるよう言った。向かう先は、馬車を待たせている場所だ。御者には特別給金を弾んで、いつでも出発できるよう待機してもらっていた。だから、すぐに目的地へ向かえる。

「これから邸《やしき》に戻って、私物を持ち出します。どこで暮らしていくにも財産は必要ですから。荷造りは済ませてありますので、運び出しを手伝っていただければ助かります」

「よし、わかった！」

馬車に乗り込むと、リアーネはシルヴェストルにそうお願いした。細身に見えるがかなり鍛えられた体をしていることを見込んで頼んだのだが、たじろぐことなく応じてくれた。面白がる表情すら浮かべている。

「家族に別れは告げなくていいのか？　というより、君の家族に結婚の了承は得なくていいのだろうか？」

「必要ありません。というより、公爵家の跡取りに婚約破棄された時点で、家族に見限られるのはわかりきっておりますので。敵にはなっても味方にはなりえません」

「なるほど……それならばこれからは私が味方だ」

シルヴェストルは行動力がある性格なだけでなく、頭の回転も速いらしい。すぐに事情を呑《の》み込《こ》むと、それ以上余計なことは聞かなかった。

予定では、使用人の助けはあまり得られないだろうから、なるべくひとりで荷物を運び出さなければいけないと思っていた。そのため、運び出しやすいようにドレスなどはトランク数個に分けて入れ、その他の持ち運びが難しいものはお金に替えていた。

家族は今頃王宮でリアーネにすべての悪事を被《かぶ》せるための弁明に追われているだろうから、その隙に事を済ませなくてはいけない。

アーベライン家の邸に馬車が到着すると、リアーネはシルヴェストルを伴って裏口から中へと入る。

「お、お嬢様？　どうして裏口なんかから……？」

静かに入ったつもりだったが、かすかな物音や気配を聞きつけて、キッチンメイドが驚いて厨房《ちゅうぼう》から顔を覗《のぞ》かせた。

リアーネはしまったと思ったが、これも想定済みだ。

「駆け落ちするの！」

リアーネはそう言って、キッチンメイドにお金を握らせた。よくも悪くもこの家の使用人たちは忠誠心で仕えているわけではないため、ある程度のことはお金で解決できてしまう。

「わかりました……では、何も見なかったし何も聞かなかったことにします」

「そうしてくれると助かる。私はこっそり帰ってきて、そしてこっそり出て行ったから誰も何も気がつかなかったのよ」

リアーネが言うと、メイドはコクコクと何度も頷《うなず》いた。

これで、第一関門はクリアだと思ったら、今度は二階から誰かが下りてきた。

「お嬢様！」

「お待たせ。これから荷物を運び出すわ」

「……本当にやるんですね」

二階から下りてきたのはリアーネ付きの侍女で、リアーネの姿を認めると渋い顔になった。逃走には日頃身の回りの世話をしてくれる彼女の協力が必要不可欠と考えていたから、様々な条件を提示して買収済だ。とはいえ、この顔を見ればリアーネの気が変わらないか期待していたのだろう。

「……その方は？」

「えっと」

シルヴェストルに気がついた侍女に尋ねられ、リアーネは答えに窮した。正直に「この人は隣国の第二王子で、求婚されたの」と言ったところで信じてはもらえないだろうから。

「リアーネ嬢と駆け落ちするんだ。だから、荷物の運び出しを手伝う」

困っていると、シルヴェストルがそう言ってウィンクしてきた。機転が利く上に茶目《ちゃめ》っ気《け》もあって、リアーネはちょっぴりときめいてしまう。年頃の女性らしく、やはり魅力的な相手に優しくされると嬉しくなってしまうのだ。

「……そうですか。荷物は運び出しやすいようにドア付近にまとめております」

侍女はそう言って二階へ上がるよう促すと、リアーネに手を差し出す。渡すものがあるだろうと言っているのだ。それがわかって、リアーネはドレスの隠しポケットに入れておいた一通の手紙を差し出した。いつどんなシチュエーションで渡せるかわからないから、ずっと持っていたのだ。

「はい、約束していた紹介状よ。先方へは話をつけてあるから、これであなたは次の就職先には困らないわ」

リアーネは、今回のことに協力してくれる代わりに別の家での職を侍女に提供すると約束していたのだ。おそらく、リアーネ逃亡後に一番責められるのは彼女だ。だから、アーベライン家では働き続けられないだろうと考え、次の働き口を見つけていたのである。

「新しく私の主人になる方は、良い方ですか？」

「ええ。先代伯爵夫人で、上品な方よ。長年勤めた侍女が退職したから、新しい侍女を探していらしたと聞いて、手紙を出してみたの。手紙で働き者のあなたのことを話したら、ぜひ来てほしいと言っていたわ」

心配なのか部屋までついてきた侍女に、リアーネは説明する。

侍女の新しい主人となるのは、夫である伯爵が亡くなったあと息子の代に邸を譲ってから、小さな別邸でゆったり過ごしている老婦人だ。リアーネのような若い令嬢に仕えるような忙しさや刺激はないかもしれないが、安定を求める彼女には相応しい勤め先だろう。

「そうですか。……私にとっては、リアーネ様も良い主人でしたよ。まあ、逃亡にお供するほどの魅力はありませんでしたけど」

「公爵夫人に仕える侍女にしてあげられなくて、ごめんなさいね」

「別に……よく考えたら、あのぼんくらがあとを継いでからの公爵家勤めは安泰かどうかわからないので、未練はありません」

侍女はそれだけ言うと、どこかへ行ってしまった。

おそらくあれは彼女なりの別れの言葉だったのだろうと思う。さっぱりした性格の彼女を好きだったから、連れて行くことも考えはした。だが、逃亡後に十分な賃金を払える確証はなかったから、誘うのはあきらめたのだ。

「さぁ、運び出しか。……もしかすると、上と階下に分かれて動いたほうがいいかもしれない」

リアーネの部屋に入ると、荷物の全体量を確認してシルヴェストルが言った。彼の言っていることがわからず、リアーネは首を傾げる。

「君が階段まで運び、それを受け取った私が馬車まで運んで積み入れるのだ」

「なるほど……私の体力消耗量を抑えてくださるのですね」

「そう。二人同時に荷物を運んで階段を下りるより、早く終わるはずだ」

シルヴェストルはそう説明すると、階段の踊り場まで歩いていった。だからリアーネは、荷物を持ってそれを追う。

「まずこの二つをお願いします。ドレスと毛皮なので、そこまで重さはありません」

「了解した」

リアーネが荷物を手渡すと、シルヴェストルは軽々とそれを持って階段を駆け下りていく。素早い動きなのに、足音を響かせないことにリアーネは驚いた。

（衝撃をうまく逃しているから、足音が響かないのだわ……！）

敏捷な動きも静かな足音も、すべて彼の筋肉がなせる技なのだと気づいて、リアーネの胸はまたもときめく。自分が体を鍛え始めた今は、どうしても筋肉がきちんとついている人に惹かれてしまうのだ。

「これは貴金属類のため、小さいですが重いです」

「なんのこれしき」

「こちらは装飾品が入っている箱のため大きくてかさばるのですが、大丈夫ですか？」

「軽すぎて持った心地がしないな」

リアーネがもたつきながら踊り場まで運んだ荷物を、シルヴェストルはひょいひょいっといった感じで軽々と運んでいく。階段を下りて馬車に荷物を積んで戻ってくるほうが絶対に距離もあって大変なのに、彼はリアーネが部屋から踊り場に来るより先に戻っていることもある。

そんな頼もしい彼のおかげで、荷物をすべて積み込めた。

「これから出発するつもりだろうが、目的地を聞いても？」

馬車に乗り込むと、シルヴェストルはそう尋ねてきた。結構な運動量だったはずなのに、疲れた様子は微塵《みじん》もない。

やや疲労感を覚えていたリアーネは、尋ねられてハッとした。

「とりあえず王都から逃れる予定でしたが……」

正直言って、婚約破棄されたあと、邸を脱することが何よりの難所だと考えていた。そのため、荷物を持ち出してからは王都を抜けて、ひとまず潜伏できそうな静かな町に行くことしか頭になかった。

「それならば、目的地を我が国ラウベルグに変えてはいかがだろう？　どうせ嫁いでくるのだ。直行でも構わないと思うのだが」

見通しの甘さに気づいて冷や汗をかいていたリアーネに、シルヴェストルは明るく言う。

一国の王子とは思えない発言に驚くが、それ以外に良い方法は思い浮かばなかった。

「いきなり押しかけるのは、ご迷惑では？」

「外交先で運命の花嫁に会ったと言えば片がつく。それに、私があなたを追って王宮を出ていることは従者も気づいているから、我が国へ向かう道中で追いついてくるだろうさ」

「では、お言葉に甘えます……」

戸惑いながらも、リアーネは御者に行き先を告げた。たんまりと給金を弾んでいるため、御者も二つ返事で応じてくれる。

「ここからラウベルグの国境を越えるまで三十日ほど……急げば、二十日ほどに短縮できるな」

走り出した馬車の中で、シルヴェストルはこれからの道程について考えを巡らせているようだ。

馬車で一日に走れる距離は十五キロほどと言われている。無理をして走って二十キロほどか。そこから考えると、ミルトュンデの王都からラウベルグの国境まで四百キロくらいということだろう。

（自動車で高速道路を走れるのなら、四時間くらいの距離なのにね）

前世の記憶があるため、リアーネはそんなことを考えてしまう。交通手段の発達というのは、それだけ偉大なことなのだ。

そして、馬車が主な交通手段であるこの世界で、途方もない道程を共に駆けてくれるというシルヴェストルの存在はとても心強くてありがたい。

「……冷静になってきたら、シルヴェストル様にこうしてついてきていただいているのがとてつもなく申し訳なくなってきました」

ふと、リアーネの口から本音がこぼれてしまった。申し訳なく思ったところで、走り出した馬車の中ではどうしようもないのに。

だが、難しい顔で何かを考えている様子の彼を見たら、自分が大変なことをしでかしたのではと思い始めたのだ。

「申し訳ないとは、なぜ？　私は、私の花嫁を見つけたから連れて帰るだけだが」

「ですが、花嫁を見つけるためにミルトエンデにやってきていたわけではないのでしょう?」

「この国との友好を確認しにやってきたのだが、その目的は滞在中に果たされているから問題ない。ミルトエンデ出身の君を娶ることで、より一層友好も深まるというものだ」

恐縮するリアーネに、シルヴェストルはカラリと笑う。一見すると何も考えていないように見えるが、頭の回転の速い人のようだから、おそらくリアーネが考える以上に様々なことを考えているのだろう。

そんな人がこう言って笑っているのだから、本当に問題はないのかもしれない。

「ミルトエンデとしては、ノアエルメ帝国と隣接する我が国の立ち位置は常に気にしておきたいのだろう。我々とて、帝国とよりミルトエンデと親しくしたい。だから、呼ばれれば足を運ぶし、気が済むまで滞在するというだけのこと。それを何年もずっと続けているのだよ」

「そういうことなのですね」

ノアエルメ帝国というのは、ラウベルグよりさらに北に位置する国だ。厳しい気候のため、食料や土地を求めて度々近隣国へ戦争を仕掛けている。

ミルトエンデとしては、ラウベルグが陥落したりノアエルメと手を組んだりすれば危険だから、友好的な関係を築けているのを折りにふれて確認しておきたいのだろう。

「国同士のことは私や、私より頭の良いやつがうまくやるから君は気にしなくていい。そして、私は本当に君を気に入っているから連れて帰りたいと思っているのをわかってほしいな」

不安や申し訳なさが伝わったのだろう。彼はそう言って、柔らかく微笑んだ。

顔立ちや彼の持つ色は、どちらかといえば冷たい印象を与えるものだ。青みがかった銀色の髪も冬空のような灰青の瞳も、凛とした顔立ちに似合っている。

だが、彼はその美しい顔にひとたび表情が浮かべば、途端にあたたかみを感じさせる。優しくて、こちらが安心するような表情を浮かべる人だ。

顔立ちの甘さや持っている色はカースティンのほうがあたたかい印象だったが、彼はその雰囲気に似合わない冷ややかで棘《とげ》のある表情をリアーネに向けていたから、それと比べて余計にそう思ってしまうのかもしれない。

「……私に興味を持っていたとおっしゃいましたが、それはなぜですか？」

まともな神経をしていたら、社交界で悪名高い令嬢になど声はかけないだろう。だから、自分の何が彼の興味をひいたのかが気になる。

「私がまず耳にしたのは、ミルトエンデを賑《にぎ》わせているという一組の男女の話だ。とある子爵令嬢が公爵家跡取りと禁断の恋に落ちたという噂だね。詳しく聞けば、跡取りには婚約者がいるというではないか。それを聞いて私は、その婚約者に同情したのだ。こんな形で人の噂にのぼってしまうなんて、とても気の毒だと」

隣国からやってきた王族の耳にまで二人の噂が入っていたという恥でしかない事実に、リアーネは打ちのめされそうになっていた。よく考えると、あまりに恥ずかしい。だが、醜聞ほど速く遠くまで広がるものだ。

「だが、実際に君を見たら、私が想像した可哀想《かわいそう》な令嬢などいなかった。かといって、人々が話しているような卑怯《ひきょう》で陰湿な悪役もいない。私が初めて見たとき、君はそれはそれは立派に立っていたよ。君の魂がまっすぐで高潔であることは、君の立ち姿からよくわかった」

「高潔だなんてそんな……私はただ、姿勢がいいだけです」

「醜聞に晒《さら》され、好奇や嫌悪の視線に晒されても背筋を伸ばして生きていられるのは立派なことだ。そして、こうして言葉を交わしてみれば、君がとても魅力的だとわかる。こんなに面白いことになっているしね」

大変なことに巻き込まれているというのに、シルヴェストルは本当に面白がっている様子で言う。だが、それがリアーネにはとてもありがたかった。

自身の力だけで王都を脱出することはできたとしても、これから先の人生には不安しかなかった。しかし、彼がいることでその不安は大幅に減った。

もちろん、こんな形で嫁いでいってラウベルグ王国で受け入れてもらえるのかという不安は、当然まだあるが。

「馬車では速度も進める距離も、もどかしくなるな。犬ぞりなら、一日に進める距離こそ短くはなるが、速度は上なんだ」

窓の外の夜の闇に目を凝らし、シルヴェストルが言った。彼の言葉から、これから向かうラウベルグという国が雪深いところだと思い出した。

「犬ぞりということは、雪の上を走るのですよね」

「犬は好きか？」

「はい。賢くて愛情深い生き物は好きです」

「それはよかった。では、我が国に到着したらたくさん戯れてもらわなければ」

リアーネが犬好きだとわかると、シルヴェストルはほっとしたように笑った。

その笑顔を見て、彼の安心する雰囲気は、前世実家で飼っていた愛犬に似ているからだと気づいた。

賢く思慮深く、だが底抜けに明るくて愛情深かった可愛い犬。元気いっぱい駆け回ってはしゃぐのに、飼い主が元気がないと黙ってそっと寄り添うことができる良い子だった。

あの可愛い生き物に似た雰囲気を持っているから、出会ってすぐだというのにこんなにシルヴェストルがそばにいると安心するのかと、リアーネは納得できた。

「……表情が和らいだね。犬ぞりという楽しみができたからか」

シルヴェストルが持つ魅力と安心感にしみじみと思いを馳《は》せていると、彼にそう指摘された。そんなふうに言われるほど表情が強《こわ》ばっていたらしい。

「これまでずっと、どのように逃げ出すかばかり考えて生きてきたので、いざその日が来たと思うと緊張してしまって……」

「そういえば、婚約破棄されるのも家から逃げ出す必要があるのも、まるで知っていたかのような用意周到ぶりだものな。以前から予兆があったということなのか？」

「え……」

シルヴェストルに真正面から尋ねられ、リアーネは返事に窮した。

まさか、前世の記憶を取り戻したなどと言うわけにはいかない。だが、何も理由がないのにこんな逃走計画を練っていたというのはおかしな話だと思われるのも仕方ないというのは理解できた。

たとえ鋭くない相手だとしても、当然持つ疑問だろう。それなら一層、シルヴェストルのような勘のいい人には見透かされていそうだ。だから、下手にごまかすわけにもいかない。

「そうですね……昔から、愛されていないことには敏感でしたから、それでいずれ自分は婚約者からも家族からも見限られるのだろうとずっと思って生きてきただけなのです。だから、捨てられるのがわかっているのならば、事前に備えておくほうがいいだろうと考えていました」

「そうか……捨てられるより出ていくほうがいいと考え、そして婚約者が事を起こすなら大きな夜会でのことになるだろうと、そう考えていたのだな」

「はい」

すべて説明しなくても、彼は理解をしてくれた。リアーネを取り巻く環境について話せば、よほど愚か者でない限り察することはできるだろうが。それにしても彼は敏《さと》い。

「なるほどな。その環境が君の聡明《そうめい》さを育んだのだと思うと複雑な気持ちになるが、私は君の聡明さもただ不遇に泣くだけではない強さも好ましいと思うよ」

「シルヴェストル様……」

シルヴェストルはリアーネのこれまでのつらさを慰めるように、そっと頭を撫《な》でてくれた。思えば、こんなふうに誰かに頭を撫でられたことなどなかったから、不慣れな感覚だ。だが、決して不快ではない。

「頭を撫でられるというのは、いいものですね。これまで褒められることなどなかったので」

リアーネはアーベライン家にとっては、家の繁栄のための駒でしかなかった。カーステインとの婚約も、公爵家に対して影響力を持つための手段に過ぎず、別に大事な娘を良い家に嫁がせようといった思いやりからの縁組ではない。

期待に応えて当たり前、求められることに応じて一人前。できなければ家の恥と言われ、自覚が足りないと叱られる。

我慢に我慢を重ねた末のカーステインとの婚約成立だったが、完璧ゆえに可愛げがないといって嫌われていた。何より、彼は家同士が決めた婚約というものを心底嫌悪していたようだから、プリシアに惹かれ、彼女との出会いに運命を感じたのも仕方がないといえるだろう。

「これからは、私が君をたくさん褒めるさ。これからは私と、ラウベルグ王国が君の家族なのだから」

シルヴェストルの大きな手は、まだリアーネを撫で続けている。その心地の良さと心が満たされる感覚によって、眠気がさしてきた。

「少し眠るといい。立ち寄れそうな町に入れば、そこで起こすからね」

「……ありがとうございます」

彼の優しい声に促されて、リアーネはそのまま眠りについた。そしてそれからしばらく、心地良い揺れの中眠り続けた。

次に目を覚ましたのは、体にかすかな揺れを感じた瞬間だった。約束通りシルヴェストルが起こしてくれたのかと思って目を開けると、思いがけないことが起きていた。

「え……シルヴェストル様？」

気がつくと、リアーネはシルヴェストルに抱きかかえられ、移動させられている最中だった。

夜通し走り、どこかの町にたどり着いたらしい。お日様の昇った明るいところで殿方に抱いて運ばれているという事実に、リアーネは混乱した。もちろん、暗ければいいというわけではないが、明るいとそれだけ人の目に晒されるのを気にしたのだ。

「おや、起きたのか。あまりによく眠っていて可愛かったから、そのまま運んでしまおうかと思っていたのだが。町について、荷物も宿に運び込んだからな」

リアーネが目覚めたと気づくと、シルヴェストルはそれはそれは嬉しそうに笑った。だが、ニコニコしながら歩き続ける。

「何から何まで、ありがとうございます。でも、自分の足で歩けますので……」

「そうか」

リアーネを運びたかったのか、彼はしゅんとした顔をして、それから優しく地面に立たせてくれた。そんな顔をさせたかったわけではないから一瞬申し訳なく感じたものの、これではいかんとすぐに思い直す。

(甘やかしてくれるのは嬉しいけれど、この調子ではせっかく鍛えた体がすぐになまってしまうわ。ああ……これからしばらく馬車移動の日々というのが恨めしい)

太陽の位置を見れば、おそらく朝の九時前くらい。いつもであれば、朝食のあとで身支度を整えてからウォーキングをしている頃だ。

健康と美容のために歩いているといえば、奇異な目で見ても家族の誰にも止められはしなかった。そのため、好きなだけ歩いていられたから、嫌なことから逃げ出したいときもよく歩いていたものだ。

「ここには、どのくらい滞在するのですか？」

「馬を休ませてやらねばならないから、出立は明日の朝を予定している。だから、少しゆっくりできるよ」

「では、歩き回ってもよろしいですか？　日課の散歩をしたいのですが……」

非常時に日課を優先したいと言えば叱られるかと心配したが、シルヴェストルは一瞬目を丸くしたものの、すぐににっこりして頷く。

「それはいいな。私も馬車の中で小さくなっていたから、体をほぐしたいと考えていたところだ。だが、まず腹ごしらえをしようではないか」

「そうですね」

彼に指摘され、リアーネは空腹を自覚した。リアーネが空いているのだから、より体を動かしてくれた彼はもっと空いているだろう。それならば、食事が優先だ。

美しく健康でいるためには、体を動かすだけでなく、よく食べよく眠ることも大切だと考えている。だから、リアーネはごく一般的な令嬢よりもしっかり食事を摂《と》るタイプだ。積極的に体を動かす分、太ることをそこまで恐れなくていいというのも理由である。

「ここにするか」

二人は連れ立って、食堂のひとつに入った。

朝早くから食堂が開いているのは、ここが活気のある町だからだろう。この食堂にたどり着くまでも、すでに仕事を始めているたくさんの商人たちとすれ違った。どうやらこの町は、商人と職人たちの町のようだ。

食堂の中は、結構な賑わいだった。忙《せわ》しなく食事をする客や、給仕に動き回る店の人たちは、リアーネとシルヴェストルを見てびっくりした顔をしている。

「……私たち、目立ってしまいますね」

「私がラウベルグ人だからだろうか……この髪色は、やはり珍しいからな」

夜会帰りのいかにも〝貴族〟な服装が目立っているのではないかと考えたリアーネに対し、シルヴェストルは自身の容姿が人目をひいたと考えたようだ。内心違うのでは……と思いつつも、リアーネは指摘することはなかった。

今は何より、食事を摂るのが先決だ。だが、食べたらすぐに目立たない服装を調達して着替えねばならない。ドレスも礼服も、どちらも長旅には不向きな装いだ。

「こういった店で食事をするのが実は初めてで、何を頼んだらいいかわからないな」

木の板に料理名がいくつか彫られただけの簡素なメニューを見つめて、シルヴェストルは真剣に悩んでいる。堂々と食堂に入ったから、てっきり慣れているのかと思っていた。だが、よく考えれば一国の王子が市井での外食に慣れているわけがない。

「それなら、店の人におすすめを聞くのが良いのでは。もしかするとメニューを見て注文しても、この時間には出していない料理もあるかもしれませんし」

「そうしよう。すまない、料理を頼みたいのだが」

リアーネが提案すると、シルヴェストルはすぐに手を挙げて店の人を呼んだ。呼ばれた店の人は恐る恐るといった様子でやってくる。

「何にします？」

「この時間に人気のメニューは何があるんだ？」

「えっと……腸詰めを焼いたのとか、厚切りの燻製《くんせい》肉と目玉焼きとか、肉団子のスープに卵落としたやつとか、豆とトマトのスープとか、チーズと燻製肉を挟んで焼いたパンとか、魚のフライを挟んだパンとか。蜂蜜かけたパンも木の実を焼きこんだパンもあります」

シルヴェストルの質問に、若い店員は一生懸命答えてくれた。それに対して、彼は熱心に頷いている。

「では、今言ったものをすべてもらおう」

「え……わかりました」

驚いた様子で、店員は厨房に駆けていく。「父ちゃん、すごい注文入った！」と言っているから、どうやら家族経営の店らしい。

「せっかくなら、その土地の食べ物を存分に楽しみたいからな」

「そうですね」

周囲の客たちは食べ切れるだろうかとざわついていたが、リアーネは「足りないだろうなぁ」と考えていた。

シルヴェストルの身長や筋肉の付き方からして、一日の必要カロリーはざっと見積もっても三千キロカロリー前後ほどだろう。次にいつ食べられるかわからないから、この食事が今日一日の食事だと考えると足りていない。そして、彼の体つきから考えてきっともっと食べられるに違いない

「すごいな」

「美味《おい》しそうです」

注文したものが運ばれてくると、やはりそれらはテーブルいっぱいになった。しかも、想定していたよりも一品ずつの量が多い。

だが、それに気圧されるよりも、リアーネの体は好意的な反応を示した。淑女としてはあるまじきことに、頰《ほお》がカッと熱くなる。

「元気がいいな。よし、食べようか」

「はい」

軽蔑した様子も呆れたふうもなく、シルヴェストルがニカッと笑ってくれた。それにほっとして、リアーネは蜂蜜のかかったパンに手を伸ばす。

「私、このパンと豆のスープをいただいてもいいですか？」

頭の中で栄養バランスとカロリーを考えて、リアーネは食べるものを決めた。

熱々のソーセージもベーコンエッグも美味しそうだけれど、これらを食べると一日に摂

取してもいい油分と塩分の量を簡単にオーバーしてしまいそうだったから。

「もちろん。肉類も食べなさい。これから寒い場所へ向かうのだ。食べられるときに蓄えておかねば。寒いところは、予想より早く腹が空《す》くのだぞ」

「……では、腸詰めを一本いただきます」

シルヴェストルに強く勧められると、断るわけにはいかなかった。何より、湯気の立つ焼き立てソーセージは美味しそうで、その魅力に抗《あらが》うのは難しい。

何から食べようか迷った末、ソーセージにかぶりついた。

歯を立てた瞬間、肉汁がジュワッと溢《あふ》れ出《だ》し、口の中に広がる。その美味しさに、リアーネは目を見開いた。

口の中の油分が残っているうちに蜂蜜のかかったパンをかじると、甘さとしょっぱさが絶妙に混じり合う。邸で食べていたパンのほうが小麦の香りやきめ細かさは上だが、素朴なパンならではの食感と味わいがたまらない。

(今まで食べてきたもの、何だか物足りないと思っていたけれど……このジャンク感が足りなかったのだわ。体にいいのは断然邸の使用人たちが作る食事だけれど、このジャンク感が恋しかったのよ)

前世の記憶には、当然食事などの経験も含まれる。だから、ファストフードやインスタント食品の味のことも当然覚えていたため、それらを心のどこかでは求めていたのだ。

そのことを、この食堂の料理の味で思い出した。

「……どうしました？　そんなにじっと見つめて」

ふと気がつくと、向かいの席に座るシルヴェストルがじっとリアーネを見つめていた。その顔には、優しい笑みが浮かんでいる。夢中で食べていたため、そんなふうに見つめられていることに気づいて恥ずかしくなる。

「いい食べっぷりだと思っていた」

「お、お腹《なか》が空いていて……淑女にあるまじき振る舞いだとは、自覚しております」

「恥じることはない。食べっぷりの良い人は好きだ。食べることは生きること。生きることを疎《おろ》かにしないその姿勢、やはり素敵だ」

シルヴェストルは自身も旺盛に食べながら、リアーネを見つめて言う。この人は何でも肯定して好意的にとらえてくれるのではないかと思いながらも、くすぐったい気持ちでリアーネは食事を続けた。

「こんなところにいたのですか……って、ひどく場違いですね」

リアーネたちが食事を続けていると、何者かがテーブルに近づいてきた。知り合いのように声をかけてきたが、見知らぬ小柄な青年だ。

「やっと追いついたか。場違いとは？　ここは食事をするところだろう？」

どうやらシルヴェストルの知り合いらしく、青年を見て言った。リアーネは青年の指摘

は理解できたが、シルヴェストルにはわからないらしい。

（よく考えたら、私たちがこういった店で食事をするのって、スターが下町の食堂に来るみたいなものだもの……確かに場違い。シルヴェストル様にいたっては王族なわけだし）

改めて理解するといたたまれなくなって、リアーネはパンの最後のひとかけを口に入れ、スープで流し込んだ。それを見て、青年が面白がる表情をした。

「主君が気に入るだけあって、面白い方ですね。食べっぷりのいいお姫様だ。食料、かなり多めに調達しておいてよかった」

「いろいろ準備が整ったのか。武具の調達もできたか？」

「抜かりなく。どうやらもう出立したほうが良さそうなので、御者も帰らせました」

「そうか。ならば宿は引き払って出る用意をしよう」

会話の内容から、シルヴェストルが言っていた彼の従者と合流できたのはわかった。だが、突然彼らの話が何だか不穏な空気を帯びていて、リアーネは不安になる。

「御者を帰らせたとは、私がアーベライン家から連れてきた者でしょうか？」

「そうです、姫。僕はシルヴェストル様の従僕のティモです。これからは我々がお供するのでご安心を」

「出立を早めるのは、もしかして追手がかかっているからですか……？」

追われる理由はいくつかあるなと、すぐに思い至る。〝婚約破棄劇場〟の途中で逃げ出したからカースティンたち公爵家が怒っているか、隣国の王子と駆け落ち同然に逃げ出したから問題にされているか、もしくは結構な物を持ち出して逃げ出したからアーベライン家が怒っているかのどれかだろう。

「そうです。姫のご実家の手の者が追いかけてきていますから、捕まる前に逃げましょう。彼らが動き出す気配を察知して我々は王都を出ているので、追いつくのはもう少しあとでしょうが」

「やはりアーベライン家よね……」

公爵家や国がリアーネを捨て置いても、実家は許しておかないだろうと何となくわかっていた。彼らにしてみれば、これは手駒の反逆だ。公爵家子息より上位の存在である隣国王子に見初められたからといって、〝でかした！〟〝よくやった！〟などとは思わない人々なのは、リアーネが一番よくわかっていた。

「私の家が、申し訳ありません……」

こんなに迷惑をかけるつもりではなかったから、本当に申し訳なくなった。だが、シルヴェストルもティモも笑顔で首を振る。

「侯爵家の令嬢をきちんとした手順も経ず娶ろうとしているうちの主君が悪いので」

「大事な娘を連れ去られたと思ったら、追いかけてくるのが普通だろう」

リアーネを慰めるためでなく、彼らは本気でそう思っているらしい。それがわかって安心した。

「では、シルヴェストル様はご準備を。姫もその服装では動きにくい上に寒いので、引き払う前の宿で着替えましょう」

「はい」

ティモに手を差し出され、リアーネは促されて歩き出した。

事態が思わぬ方向へ転がりだしたのだと感じて、少し怖くなる。

王都を出たときは、これからただひと月ほどかけてシルヴェストルの国へ向かうだけだと思っていた。

逃げ出したことに変わりはないが、追手が来るなどとは思ってもみなかったのだ。

しかし、そう思っていたのはきっとリアーネだけだ。シルヴェストルとティモの会話を聞けば、彼らがこういう事態を想定していたのは伝わってきた。

前世の記憶を取り戻したときから自分は何でも用意周到に準備してきたと思っていたが、彼らの考えていることの半分にも届かないだろう。

「では、ここで着替えてくださいね」

「わかったわ」

宿屋に入り、部屋まで案内されると、着替えを手渡された。それを受け取って、部屋の中に入る。

渡されたのは、綿のシャツとセーターと、毛織物でできたスカートとズボンだった。ブーツと靴下もある。防寒特化の服装であることがわかり、これから向かう先が本当に寒いのだと改めて意識させられた。

リアーネとして生まれ変わってからは、この手のものは着たことがない。だが、ドレスよりも馴染《なじ》みがあるし、何より庶民の服は自分ひとりで着られるようにできているから問題はない。

「姫、着替えの手伝いが必要でしたよ、ね」

「あ……」

思いきって頭からドレスを脱ぎ去っている最中に、ドアが開いて誰か入ってきた。何とも無様な姿で恥ずかしかったが、ドレスを半端に被った状態よりマシだと思い、潔く脱ぎ捨てる。すると、ティモが笑いを堪える顔で立っていた。

「姫はご自分で着替えられるのですね」

「ええ。日頃から練習していたし、コルセットはひとりで着用できるものに改造してあるの」

関心するティモの前でサッとコルセットの紐《ひも》を解き、下着だけになってしまうと手早く防寒装備を身に着けた。

「あら……？」

脱いだドレス類をティモが片付けるのを見て、リアーネはあることに気づく。そして、ティモだと思っていた目の前の従者が彼ではないと気づいてしまった。

「あなた、お名前は？」

「へ？　えーっと」

「あなたはティモではないでしょう？　そして、男の子でもないわね」

気づいたことを指摘すると、ティモによく似た従者は目を輝かせた。どうやら正解だったらしい。

「そうです。僕はフィル。ティモとは双子なので、二人並んでいるところを見られるまでバレないと思っていました」

「そういうことだったの……ティモは右利き、あなたは左利きだから違いに気づいたのと、私の下着姿を見ても焦ったり申し訳なさそうにしなかった様子から、もしかして性別も違うのではと考えたのよ」

リアーネが考えを伝えると、フィルと名乗った従者はますます感激するような顔になる。

「すごい！　本当に面白い姫様だ！　美人なだけのぼんくら令嬢なら認めないぞと思っていましたが、こんなに面白い方ならシルヴェストル様の従者やめてリアーネ様の侍女に立候補しようかな」

彼女の言葉から、自分がこの場で試されていたのに気づいた。追手から逃すという難しい事態に臨《のぞ》むのだ。守るに足る人間かどうかは、試されて当然だろう。これから先、こうして資質を試される場面はもっと出てくるに違いない。

「試すようなことをして申し訳ありません。ラウベルグに着いたら、何も心配などない安泰な生活を送れますからね」

リアーネの内心が伝わったのか、フィルは安心させるように言う。その言葉に頷きつつも、不安は少し残った。

だが、今は不安がっている余裕はない。無事にミルトエンデを抜けてラウベルグにたどり着かなければならないのだから。

「準備ができたか。それなら、早速出よう」

着替えを済ませて宿の外に出ると、馬車を従えたシルヴェストルがすでにそこにいた。彼も礼服から着替えて、動きやすそうな格好をしている。というより、簡易的ではあるものの武装をしていた。

「……戦いに備えていらっしゃるのですね」

「万が一ということもある。何もなければそれでよし。何かあれば私たちが君を守るから心配しなくていい」

武装したシルヴェストルは、凛々しさが増していた。そんな彼の姿を見ると、先ほど抑え込もうとした不安が顔を覗かせる。

（卑怯で狡猾《こうかつ》なアーベライン家の人たちが一体何をしてくるのかわからないわ。ただ、敵に回ると厄介ということだけはわかる）

父も母も兄も、絵に描いたような悪役だった。目的のために手段を選ばず、彼らを結びつけるのは利害の一致だけで絆《きずな》などありはしない。そのくせ、裏切りや歯向かう姿勢には敏感なのだ。

だから、リアーネを追ってくるのだろう。もしかすると、これまでしたことをすべてリアーネのせいにするつもりなのかもしれない。

おそらく、お咎《とが》めなしとまではいかなくても、リアーネが死ねば周囲からのバッシングは弱まるだろうから。

（共感はしないけれど、彼らが考えそうなことが私にもわかる……私にも、彼らの血が流れているからだわ）

馬車が走り出しても、リアーネの不安は消えなかった。むしろ、どんどん濃くなっていく。

フィルは「もしあれだったら、姫が邸から持ち出したものをすべて返して『ごめんなさーい』ってしましょうよ。そしたら何とか逃げられるでしょう」などと言っていたし、それを聞いたときは笑っていたが、そんな簡単な話ではないと冷静になればわかる。

「……追ってきている者たちは、もしかしたら私を殺すつもりかもしれません」

怖くてたまらなくなって、リアーネは隣に座るシルヴェストルに伝えた。彼は一瞬驚いて、「そんなまさか」と言いかけたが、すぐに口を閉じて表情を引き締めた。

その直後、突然馬車が止まる。

「主君、挟み撃ちにされました！」

御者を務めていたティモが叫んだ。その声にシルヴェストルが窓を開けて外をうかがう。

「追ってきているのはわかっていたが、まさか前に回り込んでいるやつらもいたなんて……これが目的だったか」

「前に？　待ち伏せされていたということですか？」

驚くリアーネの問いに、シルヴェストルは頷いた。それから、少しの間押し黙る。静かにすると、風を切るような音がいくつも聞こえてきた。

「話し合いが可能かと考えたが、無理そうだな。――道を開いてこよう。おとなしく待っていなさい」

「んっ……！」

立ち上がる素振りを見せたかと思うと、シルヴェストルはリアーネに突然口づけてきた。戸惑っている間に、彼はあっという間に馬車の外へと駆けていく。

待っていなさいと言われたが、たまらずリアーネは窓の外を見た。すると彼が、フィルが御者をしていた後続の馬車の荷台から武器を手にして再び戻ってきたのを見た。そして、そんな彼に向かって馬に乗った追手たちが弓を構えているのが見える。

(さっきの風を切るような音は、矢が飛んできていた音だったのだわ……)

シルヴェストルが手にしているのは一本の槍《やり》だ。確かにリーチのある武器だが、弓で遠くから狙われては的になるだけではと心配だった。

しかし、シルヴェストルは速かった。弓を持っている者ではなく、その者の騎馬を狙っていた。槍を構えてシルヴェストルが素早く迫ると、馬が嫌がって体を逸《そ》らすのだ。逃げようと、勢いよく暴れて走り出す馬もいる。

大勢で馬上から弓で狙うことで、相手は自分たちの優勢を信じていたのだろう。それをたったひとりに覆され、焦っている様子だ。

シルヴェストルは時折雄叫《おたけ》びを上げ、敵を威嚇しながら打ち倒していく。馬から振り落とされた者を斬りつけ、この状況でありながらも矢を放ってくる者を薙《な》ぎ払《はら》っていった。

(一騎当千とは、このような人のことを言うのだわ)

先ほどまでリアーネのそばにいた、穏やかで朗らかな彼の姿からは想像できないほどの猛々《たけだけ》しい姿だ。彼がただの王子ではなく、戦うことに慣れ、そして長《た》けている人なのだと思い知らされた。

「うちの国は、王族も貴族もみんなお強いのですが、その中でも群を抜いて主君は強いのです。何せ、〝護国《ごこく》の大盾《おおだて》〟と呼ばれる方ですから」

見惚れていたリアーネのそばに、いつの間にかティモがやってきていた。加勢するのかと思ったが、どうやら彼も戦いを見に来ていただけらしい。

「大盾ということは、日頃は盾を持って戦われるのですか？」

「いえ。主君は剣も槍も斧《おの》も扱われますが、盾を持つことはあまりありません。あの方の存在こそが我が国の盾であるという、敬意を込めた呼び名なのです」

「……本当にお強い方なのね」

目をそらせずに見守っているうちに、地面に立っているのはシルヴェストルだけとなっていた。

すべての矢を弾き落とし、次の矢が打たれる前に相手を倒すという、そんな戦い方だった。理屈は理解できても、それを実践できる人がこの世にいたことに、リアーネはただひたすら驚いていた。

「片付いたよ」

「シルヴェストル様！　お怪我《けが》はありませんか？」

シルヴェストルが馬車のそばまで戻って来たのに気づいて、リアーネは窓から身を乗り出した。彼の姿を検分しても、かすり傷ひとつついていないことにほっとする。

「君の実家が雇った者たちが野盗崩れのようなものだったから、簡単だった。しかし、我々がただの旅人ならひとたまりもなかっただろう」

「……本当に私の命を狙っていたのですね」

「ああ。野盗に襲われて命を落としたと、周囲に報告するつもりだったに違いない。私が一緒にいるのは、おそらく想定外だろうからな」

実家とは常々合わないと思っていたし、大事にされた記憶もない。だが、こんなふうに命を狙われねばならなかったのだろうかと思うと、やるせない気持ちになる。

「リアーネ、安心しろ。今後何があっても、私がいれば大丈夫だ。今の戦いぶりを見ても、まだ不安か？」

シルヴェストルがリアーネの頭を撫でる。沈んでいるのを、怖がっていると思ったらしい。

実家のことはショックだが、これですっぱり縁を切ったと思えばいいのだろう。

「いいえ。何の不安もありません。シルヴェストル様がいてくださるから」

憂いを追い払って微笑めば、優しい眼差しのシルヴェストルと目が合った。先ほどの猛々しさはなくなり、穏やかな彼がいる。

「よし。ならば行こう。これから先の君の人生にはたくさんの安心と幸福を与えると約束する」

「はい」

シルヴェストルが馬車に乗り込むと、再び馬車は走り出した。
逃げるためではなく、ラウベルグ王国へ向かうために。
彼の強さを目の当たりにしたリアーネに、もう不安はなかった。

第二章

あのまま街道を走るとまた待ち伏せがあるかもしれないと考え、シルヴェストルは森の中を走るよう進路変更させた。

おそらくではあるが、さらに先で待ち伏せがあるとしても、街道を走ることしか想定されていないはずだ。だから相手の裏をかく意味でも森を突っ切る作戦は有効だろうし、何より道のりも短縮できる。

そう考えたわけだが、些《いささ》か失敗したとシルヴェストルは感じていた。

森を突っ切るこの道は、付近の住人たちには使われているようで、全くの手つかずというわけではないようだ。だが、やはり走りにくい。

このような悪路を馬車で移動する経験がなかっただろうリアーネは、激しい揺れに体がどうにかなってしまいそうになっていた。

「リアーネ、不安定で怖いと感じるなら、私の体にしがみつくといい」

「申し訳ありません、シルヴェストル様……」

「気にするな。慣れていなければこの揺れを怖いと思うのは仕方がない。何より、リアーネに強く求められて嫌なわけがないからな」

シルヴェストルが提案すると、彼女は申し訳なさそうにしがみついてきた。

その慎《つつ》ましやかで初心《うぶ》な反応が、シルヴェストルには好ましく思える。ミルトエンデ国内で轟《とどろ》いていた悪女という評判は、こんなにも実際の彼女には当てはまらない。

シルヴェストルは今年もミルトエンデからの招待を受けて夜会に参加すべくやって来ていた。毎年恒例のことだから、今年も特に変わった出来事もなく、平穏無事に終わるものだと思っていた。少々面白みにかけるな、とも。

しかし、退屈しているのを察知した貴族に、社交界を賑わせているある噂について聞かされた途端、そのゴシップに非常に感心を持ったのだ。

それが、悪女リアーネ・アーベフインの評判だった。

どうやらこの国の人々は、噂の的である公爵家子息と子爵家令嬢に肩入れし、公爵家子息の婚約者であるリアーネを悪役だと定めているようだった。

そのため、彼女に関する悪い噂は本当に数多く聞かされ、そのせいでどんな人物なのか気になってしまったのである。

しかし、夜会でいざ本人を目にして見ると、評判の悪女とは思えないほど凛々しく美しい女性だったから驚いてしまった。

卑屈になっているでもなく、高慢で悪辣でもなく、ただ凛と立っている。その立ち姿の美しさから、他の令嬢と何が違うのかと気になっていたときに、彼女が婚約破棄される現場を目撃してしまったというわけだ。

公衆の面前で晒《さら》し者《もの》にされ、婚約者とその恋人に吊るし上げられても、リアーネは動じなかった。あまりの動じなさに、相手のほうがよほどたじろいでいたくらいだ。

だが、そんな彼女もさすがに聴衆すべてが敵のように感じる雰囲気になると、わずかに焦りを見せていた。

いくら成人した女性とはいえ、まだ十代の彼女があの雰囲気の中で戸惑わずにいるのは難しいだろうと感じたとき、シルヴェストルは気がつけばあのような形で助け舟を出していたのだ。

おそらく、あのときすでに惚れていたのだろう。思えばリアーネは、シルヴェストルの好みど真ん中の女性だったのである。

心も体も健康でしなやかな女性を好むというのに、これまで周りにはいなかった。

というわけで求婚して半ば連れ去るようにしてラウベルグへ向かっているわけだが、彼女の心の中はまだよく見えない。

今は不安そうで、落ち着かないのが見て取れる。それは悪路を進む馬車の揺れのせいばかりではないだろう。

「シルヴェストル様は、このような悪路を走ることに慣れてらっしゃるのですか？」

不意に、リアーネが尋ねてきた。

どうしてシルヴェストルがこの揺れる馬車の中で平然としているのか、気になったのだろうか。

「戦いになれば、道など選んでいられないからな。実戦でも森や荒野を駆け抜けることがあるし、それに備えて日頃から訓練を怠らない。だから慣れているのだ」

言ってから、シルヴェストルはしまったと思った。

これまで悪路を走る経験などなかった彼女からすれば、シルヴェストルが慣れているのはラウベルグの道路事情によるものだと思うだろう。

きっと彼女は、ラウベルグで暮らすようになればこんな悪路を走るのが日常になるのかと不安になったはずなのに、戦争の話などしてさらに不安にさせたのではないかと、言ってから気がついた。

だが、リアーネに動じた様子はない。

「……ノアエルメとの戦いですね」

「そうだ。厄介な国と隣接していると思うよ。あのように争いばかり繰り返していては、自国の民さえも守れないというのに」

「これまでラウベルグにノアエルメがたびたび攻めてきていることは知っていましたが、

どこか遠くの出来事だと思っていました。……ミルトエンデは平和に慣れきって、それを当たり前だと思っているのです」

何か感じるところがあったのか、リアーネはぽつりぽつりと自国の事情と自分のこれまでの意識について語った。

ラウベルグやノアエルメと違い、ミルトエンデは比較的温暖で、農業向きの土壌をしていること。

そのため、大規模な飢饉《ききん》でも起きなければ困ることはほとんどないし、国も各領地も豊かなときに備蓄をしていることで、どうにかしのげてきたという歴史があること。

「そういった事情から、近隣国の厳しい暮らしぶりやそれゆえ起こる戦争について耳にしても、具体的に思い浮かべることができませんでした。攻め入られては困るから騎士団も兵士もいますが、ラウベルグほどきちんと訓練しているかといわれれば、違うでしょう」

静かに語るリアーネの声には、不安や憂いが滲《にじ》んでいた。おそらく、平和な国で育った自分がこれからラウベルグでやっていけるのか、自信がなくなってしまったのだろう。

「不慣れなところへ行くと不安になるのは当然だ。ミルトエンデと違い、過酷な気候の国という印象もあるだろうからな。だが、私はリアーネにラウベルグだからこそ楽しめるものがたくさんあると伝えたい」

「ラウベルグだから楽しめるもの……？」

不安を打ち消してやろうと、シルヴェストルは穏やかな笑みを浮かべて言う。

「たとえば、前にも話したが犬ぞりは楽しいぞ。雪の中を元気に走る犬と共に風のように進むのは、とても爽快なんだ。それから、〝雪の家〟を作って、その中で温かな食べ物や飲み物を楽しむという遊びがある。ミルトエンデでは、雪遊びをする機会はそんなにないと聞いた」

「そういえば、そうですね。そもそも、王都より北の街で積もるくらいで、ミルトエンデでは降りはしても雪はそこまで積もらないのです。小さな雪だるまを作ったり、少し雪玉を投げあって遊ぶくらいで」

「それなら、きっと楽しめると思うぞ。ラウベルグは長い冬を楽しむすべをたくさん知っているのだ」

リアーネが興味を示したのがわかると、シルヴェストルはそれからたくさん冬の遊びについて語った。室内で楽しむことも発達しているため、ボードゲームやボールを投げて的に当てるような競技も数多くあるのだと。

それを聞いて、リアーネの表情は明るくなる。意識はすっかり、ラウベルグの遊びに向けられているようだ。

「ラウベルグ人は新しい遊びを考えるのも好きなんだ。リアーネも、何か思いついたら積極的に教えてほしい」

彼女にもっと楽しいことを考えてもらおうと、シルヴェストルは言う。

「冬の間、室内で大勢で楽しめる遊び……脱出謎解きなんて良いかもしれませんね」

水を向けてみると、彼女はすぐに思いついたらしく、そう言った。耳慣れない言葉に、シルヴェストルは俄然《がぜん》興味が湧いて前のめりになる。

「脱出謎解き？　それは何をするんだ？」

「えっと……指定された謎を解いて建物から脱出するという遊びです。たとえば、建物には鍵がかかっていて、その鍵を見つけ出すために場所のヒントとなる謎をいくつか解く、みたいな」

「なるほど。それなら、複数人で知恵を持ち寄って謎を解くことができるというわけか」

「そうです。謎を解くと次の謎が用意された場所がわかる、という仕組みにしておくのです」

リアーネの頭の中にはもうすでに具体的な内容があるかのように、すらすら説明してくれた。話を聞くだけでもそれはとても面白そうで、シルヴェストルはワクワクした。

「なんだそれは……とても面白そうだな！　私はテーブルについて盤上の駒を動かすゲームは正直苦手だったのだが、歩き回って謎を探してそれを解くというその遊びは、絶対に楽しめる自信があるぞ！」

「そうでしょう？　仕掛けも用意して、体を動かすのが得意な者と頭が切れる者がチームを組んだほうが良い内容にすると、様々な交流が生まれて楽しいかもしれません」

リアーネが楽しそうに話してくれるのが嬉しい。彼女は日頃の澄ました顔も可愛いのだが、笑うと無邪気な様子が愛らしいのだ。

シルヴェストルは、ずるい人間が嫌いだ。

だから、リアーネから婚約者を奪った令嬢のような人物は受け入れがたい。ミルトエンデの人々はあの令嬢を気に入っているようだったが、あのように表面的に愛らしく見えても他者を欺く気質を感じ取ると途端に嫌になる。

あの令嬢と違い、リアーネはまっすぐだ。だからこそ、生家であるアーベライン家とは合わなかったのだろうが。

「ラウベルグに戻ったら早速企画するか？　いや、それとも私たちの披露宴の余興でみんなに楽しんでもらうか……？」

シルヴェストルがそう提案すると、リアーネはその言葉を嚙みしめるように微笑んだ。

先ほどまでのものとは種類の異なる笑みに、シルヴェストルは心配になる。もしや、何か嫌がることを言ってしまったのではないかと。

「リアーネ、どうかしたのか？」

「いえ……シルヴェストル様は、私の思いついたことを面白がってくださるので嬉しいなあと思いまして」

「それは……これまで誰も君のこんな素晴らしい思いつきを、面白がることがなかったということか？」

シルヴェストルが問うと、リアーネは少し悲しげに頷いた。

彼女の素晴らしさを理解できる人間がいなかっただなんて、信じられない。だが、もし誰かが彼女の魅力や価値を理解していれば、今ここに一緒にいることは叶《かな》わなかったと思えば、それでよかったと言えるだろう。

しかし、彼女の傷ついた心はそのままにしておけない。

「カースティン様は……私の婚約者だった方は、私が何か提案すると『女のくせに生意気だ。聞いたこともないような思いつきばかり口にして気味が悪い』とおっしゃいました。子供のとき、一緒にいても話が盛り上がらないから、ただトランプを使った遊びを提案しただけなのに」

その頃のことを思い出したのか、リアーネの声は暗くなる。誰かに否定された言葉は、褒め言葉以上に胸に残るものだ。だから、気にするなと言っても無理なのだろう。それなら、シルヴェストルは彼女の心の痛みごと受け止めてやりたいと思う。

「もったいないな。ちなみに、どのような遊びなんだ？」

シルヴェストルが聞くと、リアーネはいくつかの遊びのルールについて説明してくれた。

そのどれも斬新で、かといってそこまで難しいものではなく、ラウベルグで紹介すればすぐに人気が出そうだと感じた。

（彼女の婚約者は、本当に価値のわからない男だったのだな）

呆れるように思いながらも、シルヴェストルはその公爵家子息に感謝をしていた。彼がリアーネを手放してくれたおかげで、シルヴェストルは、ラウベルグに、リアーネを迎え入れることができたのだから。

「リアーネ、君は面白いことを思いつく才能もあるのだな。ますます好きになった！」

シルヴェストルが言うと、リアーネはパッと花が開くように笑った。そして、照れ隠しをするようにギュッと腕にしがみついてくる。

「私も、シルヴェストル様と一緒にいたらこれから楽しいことばかりなのだろうなと感じて、もっともっと好きになります」

「可愛い人だ」

二人の間に甘やかな雰囲気が流れる。だが、そのまま甘い雰囲気になるのを許さないほど、馬車は激しくガタガタ揺れていた。

「シルヴェストル様、狩猟小屋がありました！」

突然馬車が止まったかと思うと、御者台からフィルが叫んだ。その声に窓の外を見てみると、確かに狩猟小屋がある。

このまま走り続けて、いつ手頃な場所で休憩できるかわからない。それならば、ここを今夜の休息地とするのがいいだろうと判断した。

「リアーネ、休めそうな場所を見つけたから、そこへ行くよ」

「はい」

シルヴェストルたちは野営も粗末な小屋での泊まりも慣れているが、貴族令嬢であるリアーネには無縁の世界だろう。そんな彼女が狩猟小屋に泊まることになって嫌がらないかと、シルヴェストルは気がかりだった。

一般的な令嬢よりかは、肝が据わっているように見える。とはいえ、うら若い女性だ。もっときちんとしたところに泊まりたいと思うだろう。

しかし、馬車から降りて狩猟小屋を目にした彼女は、何だかワクワクした顔をしていた。

「こういうところに泊まるのに、実は興味があったので嬉しいです。泊りがけのピクニックみたいですよね」

「なるほど。確かに、気候のいいときに外で食事をするのは特別な気分がするものな」

リアーネが狩猟小屋に興味を持っている理由がわかり、シルヴェストルは少し驚いていた。むしろ、彼女のことを変わっているなとすら思う。しかしそれは決して否定的な意味ではなく、好ましく感じていた。

「狩猟小屋に泊まってみたかったなんて、姫って変わっているって言われませんか？」

シルヴェストルが思っても言わずにいたことをティムがサラッと言ってのけ、フィルも頷いている。しかし、彼らも悪い意味で言っているわけではないのが、表情からうかがえた。

「変わっているのかしら？　でも、野営をしたり自分で獲《と》った食料で料理を作ってみたりするのにずっと憧れがあったの。殿方しか狩猟には参加できないのが悔しくて」

「何とたのもしい！　では、姫様に弓の使い方を教えましょうね」

フィルは嬉しそうに言って、リアーネの手を引いて小屋へと連れて行った。甲斐甲斐《かいがい》しく世話をする様子を見るに、かなりリアーネのことを気に入ったのだろう。

ティムとフィルの二人は、シルヴェストルの優秀な従者ではあるが、はっきり言って扱いにくい。男女の双子でありながら姿形がよく似ているのを利用して、よく入れ替わって周囲の人間を翻弄している。

そんな彼らを一度で見抜いたことから、彼らはリアーネを認めている。シルヴェストルもそれを聞いて、ますます彼女に興味が湧いたのだ。

（私はとんでもない拾いものをしたのだな……面白くて可愛い人だ）

シルヴェストルは改めて、自分の幸運を喜んだ。

＊＊＊

森の中を走る道に入ってから、狩猟小屋などを見つけてはそこで休み、翌朝にはまた走り出すという生活を続けていた。

数え間違いでなければ、もう二十日は走っているだろうか。当初シルヴェストルに告げられた道程の半分は過ぎたのだと気づいて、リアーネは感慨深い気持ちになっていた。

あと十日も走れば、ようやくミルトエンデにたどり着く。

シルヴェストルとも従者の二人とも打ち解け合い、この二十日間は本当に楽しく過ごせていた。

まだ獲物を自分で狩るには至っていないが、フィルとティムに弓の使い方を教わり、日々練習に励んでいる。火を起こしたりそれで料理を作るのも、彼らと一緒に楽しんでいる。ずっとやってみたかったことがやれる生活を、リアーネは満喫していた。

おそらく、そのせいで気が緩んでいたのだろう。リアーネも、シルヴェストルたちも。

次に休める場所を見つけようと森を走っていたときに、気がつくと不穏な気配に囲まれてしまっていた。

「追手か？」

「いえ……どうやら野盗の類のようです！」

馬車を停《と》めたティムにシルヴェストルが尋ねると、そう答えが返ってきた。それを聞くや否や、シルヴェストルはすぐさま馬車を降りた。

「シルヴェストル様！」

馬車を降りたシルヴェストルのもとへ、武器を手にしたフィルが走ってきた。それを受け取ると、シルヴェストルは周囲を取り囲む敵に向かっていった。

（あんなにたくさん……）

リアーネは、恐る恐る窓から外をうかがった。

馬車の周りは、武装した集団に取り囲まれていた。不揃《ふぞろ》いの格好や武装を見るに、統率の取れた集団ではなく、有象無象の集まりなのだとわかる。

だが、放つ空気は十二分に剣呑《けんのん》だ。こんなふうに森を抜ける旅人たちを襲撃し、暮らしているのだろう。

奴《やつ》らは手に、おそらくこれまで略奪したと思《おぼ》しき得物を持っていた。長剣に、短剣、それから斧を手に、シルヴェストルたちに襲いかかる。

普通ならば、悲鳴を上げて怯えるのだろう。もしくは、馬車の中で声も出せずに震えているか。または、彼らの無事を神にでも祈るのか。

しかし、リアーネはそのどれでもなかった。目の前で繰り広げられる彼らの戦いぶりに、ただただ目を奪われていた。

相手は数で勝っている。だから、一人に対して数人で一度に襲いかかればいけると思ったのだろう。

しかし、野盗たちの得物はただひとつとして、シルヴェストルには届かなかった。

大きく振りかぶった長剣を自身の持つ剣で受け、そのガラ空きの腹に蹴りを入れる。それから、返す刀でナイフを手に距離を詰めてきた者を斬り伏せ、斧を手に向かってきた相手の盾にした。

彼の動きは、強く雄々しいのに優雅さを感じさせる。夜会のあの日、室内楽もなしに踊ったときに音楽が聞こえてきた瞬間のように、今もまた荘厳な管弦楽が聞こえてくる気がした。

（すごい……速いわ）

敵と敵の間を素早く動き回り、シルヴェストルは打ち倒していった。そこから取りこぼされた者、倒れたもののまた立ち上がった者は、ティムとフィルが仕留めていく。

数で見れば圧倒的に野盗たちが有利だったのに、今は地面に立っている者の数はずいぶんと減っていた。

こんなにも数を減らされれば、普通ならば尻尾を巻いて逃げるのではないかと思うのだが、なぜかわからないが男たちは無謀にも立ち向かうのをやめない。

（こうして待ち構えて地の利を活かして戦うのに、遠距離武器で戦う者がいないのはなぜ？　まさか……）

嫌な予感がして、リアーネは窓から顔を覗かせた。急ぎ視線を上に向け、見える範囲に意識を巡らせる。

そのとき、木の上から弓を引き絞り、狙いを定めている者の姿が見えた。おそらく、乱戦の最中で仲間を打つのを避け、こうして狙いやすくなるまで待っていたのだろう。

「シルヴェストル様、危ない！」

矢が放たれた瞬間、リアーネは叫んだ。彼ならば注意を促すだけで避けられると信じて。信じたとおり、彼は飛んできた矢をわずかな動きで避けた。しかし、それだけでは終わらない。

先ほどまで敵が握っていた斧を拾い上げると、それを木の上で再び弓を引き絞っていた敵に投げつけたのだ。放物線を描いて勢い良く飛んできた斧をまともにくらい、弓の男は木から落ちた。そこへティムが走り寄り、しっかりと仕留めに行った。

「数を減らしても最後は弓で倒して勝てばいいという戦法か……せっかく数が揃《そろ》っていればもっとマシな戦い方もあっただろうに」

最後のひとりを倒してから、シルヴェストルが吐き捨てるように言った。その視線は鋭く、彼が戦いの中に身を置く生き方をしてきた人なのだということを感じさせられる。

「矢が飛んできたことよりも、その直前に君が窓から身を乗り出したのが恐ろしかったよ……怪我はないか？」

「ええ、平気です……危ないことをして、申し訳ありません」

動く者が自分たち以外にいなくなったのを確認すると、シルヴェストルはリアーネの乗る馬車のそばまでやってきた。先ほどまで漂わせていた殺気は消え失《う》せ、いつもの穏やかな彼に戻っている。

「すっかり油断していた、すまない。もう少し気を配っていれば、こんなふうに突然襲われることもなかったのだが。というよりも、あとわずかでこの森を抜け、国境を越えると思って気が緩んでいたのだな」

穏やかではあるものの、前髪をかき上げる仕草にはわずかに苛立《いらだ》ちが滲んでいる。

イライラしているというより、疲れと緊張で張り詰めているのだろう。それをほとんど表に出さずに押し隠すことができる彼をすごいと思いつつも、心配になった。

「やはり、国境付近は治安が悪くなるものですよね……」

「そうなんだ。一気に駆けてラウベルグに入ることもできなくはないかもしれないが、どこかで休みたいものだな」

シルヴェストルには、あきらかに疲れが滲んでいた。いくら強い人でも、ほぼひとりで戦って敵を倒したのだから疲れるのは当然だ。

それに何より、おそらく彼がこの道中であまり眠れていないだろうことが気になっていた。

「主君、この先に小屋がありました。今夜はそこで休ませてもらいましょう」

周囲を探索していたらしいティムとフィルが、嬉しそうに駆け戻って来た。休める場所が見つかったと聞き、リアーネはほっとする。

あと少しでラウベルグに入るとはいえ、彼を休ませたい。

だが、彼は少し迷っているようだった。

「体を休められれば助かるが、その小屋は野盗たちのアジトでないと言い切れるのか？」

「はい。僕たちが目をつけた小屋とは別に、造りの新しい別の家がありましたから。おそらく奴らの住まいが新しい家のほうで、目をつけたのは捨てられた木こり小屋という雰囲気でした」

「……野盗の出現に怯えて小屋を捨てたか、自らも野盗に成り果てたか。そういえば斧を持っていた奴らもいたものな。――そこで休もう」

リアーネと従者たちがじっと見つめているのに気づいて、シルヴェストルは仕方なさそうに笑った。彼に自分たちの心配が伝わったのがわかって、リアーネもほっとする。

本当に、最初にアーベライン家から差し向けられた刺客と出会って以降平和な旅路だったから、完全に油断してしまっていた。それだけに、彼がこうして気が立ったままなのも理解できていた。

だからこそ、休ませる必要があるのだ。

そう思って小屋についてからは彼の気持ちが少しでも緩むようにと食事を楽しんだり、

談笑してみたが、あまり効果がないのは夜になってからわかった。

(シルヴェストル様……やはり眠ってらっしゃらないのね)

外を交代で見張りながら休むという従者二人に寝る前の挨拶をして、寝台に入ってわずかに眠ったはいいものの、リアーネは真夜中に放り出されたかのように目覚めてしまった。

おそらく、襲撃のことでリアーネも気が立っていたのだろう。

しかし、それよりも近くにシルヴェストルの気配がないことで起きてしまったのかもしれない。

数人で暮らしていたらしい小屋は、そこそこの広さがある。とはいえ、小屋は小屋だ。寝台の上に体を起こすと、彼が暖炉の近くで体を動かしているのをすぐに見つけられた。

「シルヴェストル様……眠れないのですか?」

そばまでいって声をかけると、彼はイタズラが見つかった子供のようにバツが悪い顔をした。

「戦いのあとで気分が昂《たか》ぶりすぎて、なかなか寝つけないんだ。だから、こうして体を動かして発散している」

リアーネに気がつくと、シルヴェストルはそう言ってはにかんだ。

室内で暖炉がついているとはいえ寒くないだろうかと心配したが、それは無用だった。

上半身裸の彼の肌には、うっすら汗が浮かんでいる。

荒く削りだされた彫刻のような体に汗が浮かんでいるのを見て、リアーネは恥じらった。雄々しさを前にして、胸がドキドキしてしまったのだ。魅力的な男性の裸身が目の前にあるのは、とても目の毒だ。

「あの、それ……鎮めなくてもよろしいのですか？」

見てはいけないと思いつつも、リアーネの視線はシルヴェストルに釘《くぎ》づけだ。〝それ〟と言って見つめているのは、布の下で窮屈そうにしている彼のものである。

うら若い、嫁入り前の女性が殿方の体について指摘するなど、本来はいけないことだろう。だが、見てしまった以上、無視することはできなかった。

「……気づかれてしまったか。極度の疲労や緊張状態が続いたことで、体が興奮しているだけだから気にするなと言いたいところだが……まあ、発散させねばつらいのも確かだ。体を動かすことで誤魔化《ごまか》されてくれないかと思ったのだが、花嫁と一つ屋根の下で過ごしていると思うと、心は制御できても、体はできなかったな」

リアーネに指摘され、シルヴェストルは恥ずかしそうに白状した。だが、恥ずかしそうなのは彼の顔だけで、服の下で我慢している彼のものはリアーネに存在を主張するように動いていた。

「お手伝いできることは、ありますか……？」

彼のものがあまりにも苦しそうに見えて、リアーネは心配になって言った。何より、昂ぶりを抑えようと体を動かしているのを邪魔してしまったのだ。だから、その手伝いくらいはすべきだろう。

「そうは言っても、婚儀がまだなのに君に触れるわけには……ラウベルグでは構わないが、ミルトエンデでは婚前交渉は神が許さないだろう？」

「でも、私は……私のために命をかけて戦ってくださったシルヴェストル様に、何かお返ししたいのです」

シルヴェストルは真摯だ。そして意思が強い。だから、彼が正式に妻になってはいないリアーネに触れるべきでないと思っているのなら、絶対に触れてこないだろう。だが、それは嫌だった。

手伝うと言いながら、自分が彼に触れたいという欲を持っているのだと、彼に拒まれて自覚した。

「お返しなど……私は自分の花嫁を守っただけだ」

「それでも、私は嬉しかった。そして、その喜びと感謝を伝えたいと、そう思うのです」

「リアーネ……」

はしたないと思いつつも、自ら彼に近づいて、そっとその胸に抱きつくように頰を寄せてみた。すると、わかりやすく彼の心臓は跳ねる。

そこで呼吸をすると、彼の汗のにおいがした。汗のにおいに混じって、雄のにおいもする。リアーネの中の女の部分を目覚めさせる、魅惑的なにおいだ。

「そんなに可愛いことを言われると、我慢ができなくなりそうだ……それならば、私が自分を鎮める間、抱きしめさせてくれ」

「はい」

シルヴェストルはそっと、リアーネの体を抱きしめて寝台まで運んだ。そうして抱きしめられると、彼がいかに逞《たくま》しい体をしているのかがよくわかる。そして、腕の中に閉じ込められることで、先ほどよりもより濃厚に彼のにおいを感じてしまう。

「リアーネ……君のにおいをこうして間近で感じるだけで、浅ましくも私の体はさらに昂ぶってしまうよ」

「シルヴェストル様……」

シルヴェストルが、自身を握って扱いているのが気配で伝わってきた。彼はリアーネを抱きしめているのとは別の手で、昂ぶりを激しく擦っている。

男性が自身をそうして慰めるのは知識としてはあったが、間近に接することはなかった。だから、いけないものを見ているようでドキドキしてしまう。その上、彼が自分のにおいで興奮してくれているのだと思うと、恥ずかしい気持ちとは別に、言いようのない喜びも感じていた。

「ああ、リアーネ……」

シルヴェストルは、痛くならないのか心配になるほどきつく握りしめ、激しく自身を擦り上げていた。耳元で感じる息遣いは荒くなり、声も切なくかすれている。その様子から、彼の果てが近いのが伝わってくる。

リアーネは彼に抱きしめられているだけなのに、濃厚な雄のにおいと劣情の気配にあてられつつあった。こんなふうに抱きしめられるだけでなく、自身も気持ちよくなりたいと感じ始めていた。

「シルヴェストル様、果てが近づいてきているのですね」

「ああ、リアーネ……」

リアーネがシルヴェストルを見つめると、気持ちが伝わったのか彼が口づけてきた。熱く荒々しい口づけだ。舌で口内をまさぐられ、引き抜かれるのではないかと思うほど啜《すす》られる。注ぎ込まれる彼の唾液にむせそうになって嚥下《えんげ》すると、体の内側が熱く溶け出しそうになっているのを感じた。

「ふっ……」

彼が鼻から息をもらすのを感じた直後、動きが止まった。彼のものが触れていた場所が、じんわりとぬるくなっていく。先ほどよりもさらに濃い雄のにおいが漂ってきて、彼が昂ぶりを解き放ったのがわかった。

着ている物の上からとはいえ、彼の欲望を浴びせられたのだと思うと、リアーネは自分の内側が甘く疼《うず》いてくるのを抑えることができなかった。

「すまない。汚してしまったな」

「いえ……」

服についた彼のものを指先で拭い、それを確かめようとリアーネは顔を近づけた。青臭い、独特のにおいがする。不快になりそうなにおいなのに、シルヴェストルのものだと思うと嫌ではなかった。むしろ、そのにおいを強く感じたことで、リアーネは自分の内側の火照りがより一層強まるのを感じていた。

「シルヴェストル様……」

「どうした？　そんな可愛い顔をして」

こらえられなくなって、リアーネはシルヴェストルをじっと見つめた。彼は何も気づいていないように尋ねてきたが、かすかに眉根を寄せている切なげな表情を見れば、リアーネが何を望んでいるのか伝わっているのだろう。

その証拠に、先ほど劣情を解き放ったはずの彼自身は、力を取り戻していた。

「……リアーネ、これ以上そばにいると、私は自分を抑えられなくなってしまうよ」

最後の理性を振り絞るようにして、シルヴェストルはリアーネの肩を押して距離を取ろうとする。しかし、リアーネは離れないという意思を示す。

「シルヴェストル様のものは、まだ鎮まっていません。だから……」

「君は、私の鞘《さや》になる覚悟があると……？」

狂おしいほどの熱情にうかされた目で見つめられ、リアーネは頷いた。それが合図となり、彼は荒々しく抱きしめてきた。

「リアーネ！」

「んっ……」

唇を重ねられたかと思うと、また深く口づけられた。舌と舌が絡まりあって、すぐに呼吸がままならなくなる。

獰猛《どうもう》な獣に味見でもされている心地だと思ったときには、彼の唇は離れ、今度は首筋に吸いついていた。

「はぁ、ん」

彼の舌が、首筋を這《は》う。そのたびに、背筋をくすぐったさがかけめぐる。温かく湿った舌の感触が肌を撫でていくのが、信じられないほど気持ちがいい。だが、なぜ彼がここを執拗《しつよう》に舐《な》めるのかがわからない。

「シルヴェストル、さま……なぜ、首をそんなに舐めるのですか……？」

気を抜くとすぐに甘い声が出てしまいそうになる。それをこらえて、リアーネは尋ねた。

「君の甘い香りを堪能したくて。そして、君を気持ちよくさせてやりたいんだ」

「はっ、あぁん……」

シルヴェストルの舌は、再びリアーネの首筋を舐める。

日頃自分で触れても何も感じない場所なのに、彼に舐められると気持ちが良くてたまらない。何より、彼に舐められているという事実が、羞恥心をかきたて、それが快感に繋《つな》がっている気がする。

「あっ、そこ……」

首筋を舐めていた彼の手が、胸元に伸びてきた。服の上から、やわやわと揉《も》みしだかれる。

リアーネは今、休むためにシャツとスカートという楽な服装をしている。だから、布一枚隔てた上から彼に触られている。

柔らかな膨らみの奥に、硬い芯のようなものがある。その芯を確かめるかのような彼の手の動きに、リアーネは徐々に息を乱していた。

「リアーネ、息が上がってきたね。かわいいな……直接触れてもいい？」

「あぁっ！」

彼の大きな手でギュッと握られて、リアーネの口から思わず声が漏れた。これまでのものよりさらに甘さを含んだその声に、リアーネ自身もシルヴェストルも驚いていた。

「なんて愛らしい声を出すんだ」

「ごめんなさい……はしたない声を……」

「はしたないなんてとんでもない。可愛くて、もっと聞かせてほしい声だ。もっと気持ちよくしてやるから、たくさん啼《な》いてごらん」

リアーネが感じ始めているのに気づいて、シルヴェストルは着ているものを脱がせた。そして、あらわになった胸の膨らみの片方に吸いつくように唇を寄せた。

唇で胸の頂を捕らえたかと思うと、舌先がそれを突くように舐める。唾液をまぶすように舌先を転がされると、リアーネの体には強烈な快感が走っていく。

「あっ、あぁ……や、んっ、あっ、ぁんっ」

胸に吸いつくというその行為は赤子じみているのに、シルヴェストルにされているのがそれとは全く異なることに驚いていた。彼がしているのは、リアーネの発情を促すための行為だ。その結果、リアーネは今自身がとても高ぶらされているのを感じていた。

舐められていないほうの乳房は、彼の手の中で形が変わるほど揉みしだかれていた。時折、指先で頂を弾かれたり、押しつぶされたりして、そこでもまた気持ちよくさせられている。

「そのようにとろけた顔をして……そろそろ、こちらの準備もできてくる頃だろうか」

リアーネの乳房から顔を上げると、シルヴェストルはじっと見つめてきた。目を潤ませ、口を半開きにして呼吸を乱しているリアーネを見て満足そうに微笑んでから、彼はそっと両脚を開かせた。

「や……見ないでください」

彼の視線が注がれているのは、リアーネの中心だ。日頃秘められたそこを、他人の目に、ましてや好きな人に晒しているという事実に、リアーネは恥ずかしくなる。

「トロトロになっているが……このようにぴったりと閉じているところに、果たして私のものが入るのか……」

「んっ……」

シルヴェストルに指摘され、リアーネは自分の秘められた場所が濡《ぬ》れていることに気づかされた。その濡れた場所を、彼の指がそっとなぞっていく。すると、そこは湿った音を立てる。

ぴったりと閉じた秘裂を、彼の指が何度も往復する。すると、淫靡《いんび》な音が響くのだ。

「あ、はぁ……」

「こうして撫でてやるとどんどん潤んではくるが、まだ指一本すら挿れるのをためらわれるな……舐めて解してやらねば」

「えっ……やだ、だめっ……ひゃんっ！」

シルヴェストルの舌が、秘裂をなぞった。指とは違う感触に、リアーネの腰が跳ねる。

何より、そのような場所を舐められているという事実が恐ろしくて恥ずかしいのに、逃れようとしても彼の手が力強く両脚を摑んでいて逃れられない。

まるで生き物のように、彼の舌が敏感な場所を舐める。舌全体で包み込むように舐めたかと思うと、舌先を尖《とが》らせて秘裂の上で顔を覗かせている花芽を突いたりする。

「蜜がどんどん溢《あふ》れてきて……素直で良い子だ。たくさん可愛がってやろう」

シルヴェストルは感心したように言ってから、より一層熱を入れてリアーネを愛撫《あいぶ》する。

蠢《うごめ》く舌の感触に、リアーネは産毛が逆立つようなそんな心地を覚えていた。

「あっ、はぁ……ぁあん、んんっ、ふ、あっ、あぁっ」

呼吸を乱し、羞恥に頬を染め、リアーネは喘《あえ》いでいた。興奮と恥じらいによって目は潤み、悩ましげに眉根を寄せている。

舌での愛撫によって終始快感を覚えさせられていて、その初めての感覚に気持ちよさよりも恐れを感じていた。

腰から全身にかけて痺《しび》れるような快感が広がっていき、下腹部がじんじん疼く。止めようと思ってもねだるように腰が揺れてしまい、蜜もどんどん溢れてくる。

さざめくように全身をかけめぐっていた快感が、少しずつ大きくなっているのも感じていた。波が、どんどん大きくなっている。体が内側から作り変えられていくかのような感覚だ。

「シルヴェストルさまっ、あ……なにか、……あ、は……あぁんっ……！」

彼の舌が花芽を強く押し潰した。その瞬間、秘裂の奥がギュッと引《ひ》き攣《つ》るような心地がした直後、腰が大きく浮いた。そのあと、下腹部を中心に強烈に甘い痺れが滲むように全身に広がっていき、リアーネは体の力が抜けてくったりとした。

「すごいな……上手に達することができたな」

シルヴェストルは秘処から顔を上げると、達したばかりでぼんやりしているリアーネの頭を撫でた。そうして撫でられるのすら達したばかりの体には気持ちが良くて、甘えるように擦り寄った。

初めての絶頂により緊張が解《ほぐ》れたのか、リアーネはためらわずに甘えることができていた。

「まるで全力疾走したあとのように、胸が苦しくて、息が上がって……これが、達するということなのですね」

初めての感覚に戸惑うものの、心地良さも感じていた。だが、まだ満足できていないのも理解していた。むしろ、快感を知ったからこそ、体のどこが真に疼いているのかを自覚してしまった。

「さぁ、気持ち良くなることに慣れ始めたところで、指でも解していこうか。気持ちいいことしかしないから、安心するといい」

「んぁ……」

先ほどまでシルヴェストルの舌で愛撫されていたところに、今度は彼の指が入ってきた。

節々とした長い指が、隘路《あいろ》をゆっくり進んでくる。

　達したときにキュンと疼いた下腹部をこれから指で愛撫されるのだとわかって、体が火照るような心地がした。異物感を強く覚えるものの、それすら気持ち良く感じ始めていた。

　しかし、彼の目的は指を奥まで挿れることではないらしく、ゆっくり割り入ってきたかと思うと、中程まで入れたところで抜き挿しを始める。

「あっ、あぁっ……んっ！」

　探るような指の動きだったのが、やがて確信めいたものに変わった。それは、リアーネの好《い》いところを探り当てたからだ。

「ここか」

「ぁんっ……擦ったら……」

「気持ちがいいんだな。最初からすごい締めつけだったが、さらに激しくなってきて、指が食い千切られそうだ」

「やっ、だめぇ……あぁっ」

　リアーネの反応が変わったのを見て取って、シルヴェストルの指の動きはさらに激しくなる。念入りに何度も抜き挿しする指の動きで擦っていたかと思うと、時々そこを指でぐっと押し上げるようにするのだ。

　先ほど舐められたときに感じたのと似たような感覚が、体の奥底から湧き上がってくる。

リアーネはたまらず、身をよじって甘い声を上げた。

その声に滲む淫靡な気配に恥ずかしくなって、慌てて口を塞ごうとしたが、それをシルヴェストルに止められてしまった。

「だめだ。声を聞かせてくれ。君を今喜ばせているのは私なのだということを、目でも耳でも肌でも感じていたいんだ。だから、何も隠そうとしてはいけない」

「あ、ぁっ……」

言いながら、彼は指を二本に増やした。それから、蜜をこぼす隘路の口を広げるように円を描くみたいに動かす。

それだけでは、きっと痛みを感じていただろう。だが、彼は中指と人差し指で蜜壺をかき混ぜながら、親指で花芽をこねた。先ほどたっぷり舌で可愛がられた花芽は、彼の指が与える快感を敏感に拾っていた。

「ん、あ、あっ、あぁっ……あぁんっ……だめっ、あっ」

花芽を捏《こ》ねられながら指を激しく抜き挿しされる。節々とした逞しい指が、蜜をかき回す音がいやらしく響いている。

リアーネはまた快楽の波が押し寄せてくるのを感じていた。しかも、先ほどのものよりも大きな波だ。

気持ち良さに、意識が持って行かれそうなのがわかる。

「もう一度くらい達しておいたほうがいいだろう。——ほら、ここが好きだな？」

「あっ……あぁぁっ！」

シルヴェストルが二本の指を揃えてある一点をぐっと押し込むようにすると、強烈な快感を覚えてリアーネは達した。ビクンと腰を跳ねさせ、蜜壺で彼の指を締めつける。

（頭が、ぼんやりする……息が、胸が苦しい）

心臓が激しく脈打ち、苦しさすら感じるほどだ。呼吸も浅く速くなっていて、激しい運動をしたあとのようになっている。

ぼんやりとして動けずにいると、シルヴェストルが着ていたものを脱いでいるのが気配でわかった。そちらに視線を向けると、生まれたままの姿になった彼が、リアーネを見つめていた。

「体は解せただろうが……やはり、これを君の小さな体に呑み込ませるのは躊躇《ためら》われるな」

〝これ〟と言って彼が示すのは、雄々しく屹立《きつりつ》する彼自身だ。鍛えられ、彫刻のように美しい筋肉が浮く彼の体の中で、さらに存在を主張する雄の象徴。

それは確かに、リアーネの思っていたものよりも大きなものだった。自分の手首よりも太さがありそうな彼のものを目の当たりにすると、彼が心配するのもよく理解できた。

だが、だからといってここで引き下がるわけにはいかない。彼のものを鎮めたいといったのに、自身だけ気持ちよくなって怖気《おじけ》づくだなんて、あってはならないことだ。

それに、怖いと思うと同時に、雄々しい彼のものに強烈に惹かれているのも感じていた。この逞しいもので激しく抜き挿しされたらどうなってしまうのだろうかと、奥の奥まで太く硬いもので押し広げられるのはどんな心地だろうと、想像すると下腹部が切ないほどに疼いてきた。

「シルヴェストル様……来てください」

「リアーネ……だが……」

恥じらいながらも、リアーネは寝台に体を横たえてシルヴェストルを呼んだ。両脚こそ閉じてはいるが、迎え入れるという意思を見せている。

先ほどまで舌と指で可愛がられた蜜口はたっぷりと濡れていて、誘うようにさらに蜜を溢れさせている。

「体格差があるのは仕方がないとして、こんなときは自分の大きさが恨めしくなるな」

優しく気遣うような眼差しを向けながら、シルヴェストルはゆっくりとリアーネに覆《おお》い被《かぶ》さってきた。体の距離が近づくと、反り返った彼のものがリアーネの腹に当たる。

硬く熱く、ほんのり湿った彼のものの感触に、蜜口がキュンと疼くのを感じた。早く彼のものを受け入れたいとねだっているみたいだ。

「……確かに、慣れるまでは大変そうです。でも、どのような大きさでもあなたのものなら受け入れてみせます。だって、私はあなたの妻……あなただけの鞘になりたいので」

　胸をドキドキさせながら、リアーネは覚悟を口にした。

　確かに、あまりにも立派な彼のものを受け入れるのは怖い。あのようなものが自分の体に入るとは思えない。

　だが、彼の妻になるのだ。妻が夫のものを受け入れられないなどということは、あってはならない。だから、覚悟を決めた。

「リアーネ……そのようないじらしいことを言われると、なけなしの理性が崩れ去りそうだ。男はいつでもこの獣のような欲を解き放ちたいと思っているのだと忘れないでくれ。ましてや、好きな女を前にしているのだぞ？」

　苦しげに眉根を寄せてシルヴェストルは言う。彼が本当に自分を気遣ってくれているのだとわかって、リアーネは嬉しくなった。

　夫になる人は、こんなにも優しい。だからこそ、ひとつになりたいと感じてしまうのだ。

「シルヴェストル様は、欲を持つのが殿方だけだと思っているのですか？　……女とて、欲望はあります。愛する人に奥の奥まで捧《ささ》げたいという欲が」

「……っ」

　リアーネの言葉に、シルヴェストルは息を呑《の》んだ。だが、彼以上に彼の剣は雄弁だ。鞘の誘いに応じなければと反応している。

腹にかすかに湿ったものを感じてそちらを見ると、彼のものの先端から透明な雫《しずく》が溢れ出してきていた。彼の高ぶりが強まっているのがわかって、リアーネはたまらなくなった。

「口づけて、髪を撫でながら優しく優しくしてください。そうすれば、私はきっとシルヴェストル様のものを受け入れられる」

そっと手を伸ばして、彼のものに触れた。すると彼は、こらえるように長い溜《た》め息をついた。

「……ひとたび君の中に入れば、止めてくれと言われても止まらんぞ」

これが最後の警告だとわかっていても、リアーネは頷いていた。立派な剣を前にして、リアーネの鞘も疼いている。だから、平気だと頷きと眼差しで伝えた。

「本当は、もっと時間をかけるべきなのだろう……だが、もう待てそうにない！」

「ん、……んあァッ！」

両脚を広げられ、彼のものの先端が蜜口に押し当てられたかと思うと、焼かれるような熱さと痛みを感じた直後、質量をもった硬さが侵入してきた。

指とは比べものにならないほどの硬さと太さだ。それが、体の内側から押し広げるようにゆっくりと進んでくる。

「くっ……何て狭さだ」

「んぅ……」

苦しそうに息を吐くと、シルヴェストルは口づけてきた。舌でリアーネの口内を愛撫しながら、髪も撫でてくれる。

そうしてなだめられても、痛みは一向に去らなかった。それどころか、彼のものが進んでくるにつれ、そこを中心に体が真っ二つに引き裂かれるのではないかと感じるほどだった。

「リアーネ……そんなに締めつけられては、私も苦しい。体の力を抜いて、息を止めないで。そうしなければ、君も苦しいばかりだ」

「あ、……ひ……あ、ぁっ」

リアーネの体の強ばりを解くためか、シルヴェストルの指が乳房に触れた。指先でピンッと弾くようにされて、かすかな痛みと共に快感を覚える。

「あぁっ！」

気持ち良さに意識を向けたその瞬間、ズンッと彼のものが奥へと進んできた。その質量に圧迫され、リアーネの意識は再び呑み込んだ彼のものに向けられる。

「……ようやく半分ほどか。偉いな。もう少し耐えてくれ」

「んあっ」

胸の頂を指先で押しつぶされる快感に喘ぎながら、リアーネは恐ろしさを感じていた。

（まだ半分？　こんなにも苦しいのに、まだすべてではないの？）

　このままでは彼のものに体を壊されるのではないかと恐怖しているのに、体は彼を拒むどころか甘えるように締めつけている。もっと奥へ来てというように、濡れた肉襞《ひだ》で彼に絡みついている。

　それに応えるように、ゆっくりと、本当に慎重にシルヴェストルは進んでくる。敏感な部分への愛撫も欠かさずしてくれているから、感じるのは痛みや恐怖だけではない。

　だから、彼のものがさらにぐっと押し込まれたその瞬間は、得も言われぬ達成感のような感覚を覚えた。

「……すべて、入ったのですか？」

「ああ。……これで、奥の奥まで君は私のものだ」

　感極まったように言ってから、シルヴェストルはリアーネに嚙みつくように口づけた。接吻《せっぷん》というよりは、舐《な》め回《まわ》すような行為だ。唾液を注がれ、それを無理やり飲み干させられながら、リアーネは体が楽になるのを感じていた。

　楽になるというよりかは、より快感を覚えるようになったというべきか。

　体は熱く火照り、彼のものを咥《くわ》え込んだ部分は溶け出したかのように蜜で潤み、さらなる刺激を待っていた。押し広げられる感覚も、痛みではなく快感に変わってきている。

「あぁ……これがリアーネの中か。熱くうねって、溶かされてしまいそうだ」

「ん、ふ……シルヴェストルさまぁっ、あ、ふぅ、んっ」

「かわいいな……今からたっぷり内側も愛《め》でてやる……！」

「んんっ」

堪えきれないように宣言してから、シルヴェストルは激しく腰を動かし始める。

勢い良く最奥を穿《うが》ち、大きく引き抜き、また奥へと打ちつける。その動きが力強く、素早く、何度も繰り返される。蜜を溢れさせる場所をそうして激しく擦られるため、結合部からは淫らな水音が響き、泡だったものが溢れだしてリアーネの尻を伝い、シーツを濡らしていく。

「ひっ、んんっ、あっ、あぁんっ、あぁっ」

「リアーネ……好きだ……愛している……君のすべてを私のものにしたい」

「やっ、だめ、そこっ、またきちゃうっ」

腰を動かしながら、彼はリアーネの花芽に手を伸ばし、そこに蜜をまぶすように撫でた。快感を拾うためだけにあるかのような部分をそんなふうに愛でられ、堪《たま》らずリアーネは快感の階を駆け上る。

「あっ……あぁっ、シルヴェストルさまぁ……あぁんっ……！」

ひときわ大きく腰を跳ねさせ、白い喉を反らし、リアーネは達した。彼のものを咥え込んだ蜜壺は震え、彼も果てさせようと蠢く。

「リアーネ……そろそろ私も……っ」

汗を滲ませ、苦しげに眉根を寄せながら、シルヴェストルは腰を振る。さらに奥の奥を穿とうとでもいうように、リアーネの両脚を高く掲げ、体を半分に折り曲げたような体勢の上から覆いかぶさり、猛然と腰を振る。

蜜がかき出される音と、二人の肌がぶつかり合う音が響いていた。

獣のように荒い息を吐きながらしばらく腰を振り、シルヴェストルは動かなくなった。

「く……」

最奥を抉《えぐ》るように突き立てられた熱杭の先端から、劣情の証が放たれた。脈打つようなその動きはしばらく続き、彼に今注がれているのをリアーネは感じていた。

あまりの激しい行為に、意識は遠いところへいってしまって戻らない。だが、そんな夢見心地でも、彼に熱くて濃厚な欲を注ぎ込まれているのを感じていた。

「……すまない。初めての君を相手に、このような荒々しい抱き方をしてしまって。だが、あまりにも君が愛《いと》おしくて、途中から我慢ができなかった」

ずるり……と蜜壺から自身を引き抜くと、シルヴェストルは慈しむようにリアーネの髪を撫で、瞼《まぶた》に口づけてくる。

大きく達したあとの余韻も相まって、そんなふうに甘やかされると、自分が彼の大切なものなのだと感じさせられてとても幸せな気持ちになった。

「我慢などしなくていいのです。私は、あなたの妻なのですから」

リアーネがうっとりと甘えるように言えば、力を抜いて肌に触れていたはずの彼のものが、ぴくりと反応した。

「あの……さすがにその、今夜もう一度ということはできないのですが……いずれは、何度でもあなたの愛に応えられるようになりますので」

恥じらいと怯えを混じらせて言えば、覆い被さっている彼がくすくす笑った。

「そんなに怯えずとも、さすがに私もこの手で純潔を散らしたばかりの妻に、そのような無体は働かない。……何度でも求めてくるよう、この可愛い体はこれから鍛えてやる」

耳元で囁くように言ってから、シルヴェストルは「なぁ、我が鞘よ？」と耳に直接吹き込んできた。

たったそれだけのことで、リアーネは先ほどまで彼を受け入れた場所がキュンと疼いて、注がれた白濁が溢《あふ》れ出《で》るのを感じた。あんなに痛くて恐ろしかったのに、また奥まで貫かれたいと思っているのを感じて、自分で自分が恐ろしくなったいた。

「……あなたの鞘です。好きに愛でてください。その代わり、私以外をこんなふうに可愛がっては嫌ですよ？」

抱かれてみて、女になってみて、わかった。間違いなくシルヴェストルは、多くの女性に求められる人だと。その理由は、凛々しい美貌や男気溢れる振る舞いだけではない。彼が雄としても大変魅力的だからだ。

彼に抱かれたい女は、おそらくたくさんいる。彼ならリアーネ以外の複数の女性を満足させる実力もある。

だが、彼にこうして抱かれてよりいっそう好きになってしまったからこそ、彼が自分以外を可愛がるのは絶対に嫌だった。

「そのような可愛いことを言わずとも、私は君を愛でるのに忙しくて他の者を相手にする暇などないよ。私の愛も欲も、ひと欠片《かけら》も残さずすべて君のものだ」

シルヴェストルは目を細め、嬉しそうに言ってから、また優しく口づけてくれた。

それが嬉しくて心地よくて、リアーネはそのまま幸せに包まれて眠った。


翌朝、そっと体を揺り動かされて目が覚めた。

ぼんやりと目を開けると、シルヴェストルが優しい顔で見つめていた。その顔を見て、昨夜彼と夫婦の契りを交わしたことを思い出して、リアーネの頬は熱くなる。

「おはよう、リアーネ」

「……おはようございます」

「まだ眠らせてやりたかったのだが、そういうわけにはいかないからな。フィルに支度を手伝ってもらって、朝食にしよう」

「はい」

彼はリアーネの上体を起こさせ、その肩にガウンを羽織らせると、名残惜しそうに頭を撫でて去っていった。彼と入れ違いに、フィルが小屋に入ってくる。

「姫、おはようございます。お体はつらくありませんか？」

「ええ、大丈夫よ」

「それはよかった」

フィルの顔には何とも言えぬ満ち足りた笑みが浮かんでおり、それを見れば彼女が昨夜のことを知っているのだとわかって、何だか照れくさくなる。

「主君の顔色を見れば、姫のおかげでよく眠れたのだとわかって、僕たちはほっとしたのですよ。この旅の間、気を張ってあまりゆっくり休めていないのには気づいておりましたから。ありがとうございます」

「いえ……どういたしまして？」

お礼を言われるようなことなのかと思って首を傾げるも、嬉しそうなフィルを見れば正解なのかなとも思う。それに、彼が自分の存在によって少しでも休めたと聞けば、安堵《あんど》もする。

「それにしても、主君もよく二十日以上我慢したな……ティムは『二人きりにすればすぐに契るだろ』なんて言っていたのですが、僕は主君の性格から最悪ラウベルグに着くまでないかもなと心配していたので、よかったです」

「そ、そんな……心配されていたの？　でも、私たちはまだ正式に婚儀を済ませたわけではないので、手を出さずにいてくださったシルヴェストル様が正しいのですよ……」

「つまり、昨夜は姫からお誘いになったと」

「……あ」

フィルに指摘され、リアーネは恥ずかしさに顔を真っ赤にする。確かに、あれを誘いだと言われればそうだ。彼は自身でどうにかしようとしていたのを、リアーネが無理を言って肌を重ねたのだ。

後悔はないものの、人に知られるのはやはり恥ずかしい。

「そんな、夫婦なのですから当たり前のことなのですよ？　だから、そんなに恥ずかしがらなくても」

「わかっているわ……でも、なぜでしょうね……とっても恥ずかしいの」

「あらら」

両手で頬を押さえ、火照りを隠そうとするリアーネを、フィルは微笑ましく見ていた。その表情から、二人の関係を祝福してくれているのがわかってほっとする。

「これからも、主君とどんどん仲良くしてくださいね。あの方も、リアーネ様と共寝をするのであればゆっくり眠れるでしょうから。夫を癒やすのも、奥方様の大切なお仕事です」

リアーネの身支度を整えながら、フィルは励ますように言う。昨夜は夫婦として当たり前のことをしただけだし、リアーネは妻の務めを果たしただけだと言ってくれているのだろう。

「そうよね……しっかり励むわ！」

「でも、主君は体力があるし体も大きな方ですから、無理なときは無理だときちんと伝えてくださいね。というより、昨夜は主君、我慢はできましたか？　惚れた女性に二十日以上も手を出さなかった男の欲望なんて、獣と同じだったでしょう？」

「え、えっと……」

心配してくれているのだろうが、フィルがあまりにもあけすけに言うものだから、リアーネはすぐに返事ができなかった。だが、ここで黙っていては彼の名誉が損なわれてしまうと考え、リアーネはきちんと伝えねばと思う。

「……一度だけで、我慢してくださいました。初めての私を気づかって、とても優しく触れてくださいましたし」

恥じらいながらも、昨夜のことを思い出して言う。彼は宝物に触れるように触れてくれた。無理に体を暴くようなことはなかった。確かに彼のものは大きすぎて、壊れてしまうのではないかと怖かったが、その恐れを超えるほどの快楽を与えてくれたのだ。

「……姫の表情を見れば、とても満ち足りた時間だったのだとわかって安心しました」

「ええ。シルヴェストル様はとても優しいわ」

心配いらないと伝えるために、リアーネも微笑んでみせた。「何度でも求めてくるよう、この可愛い体を鍛えてやる」と言われたことは秘密だ。

フィルに手伝ってもらって体を軽く清め衣服を身につけると、小屋から出る。そこには、ティムと一緒に荷物を整理しながら待っていた様子のシルヴェストルがいて、リアーネは何だか照れてしまう。

「支度ができたのか。では、朝食を済ませて出発しようか」

「はい」

「その……体は大丈夫か？　本来なら、初夜のあとは寝台でゆっくり休ませてやるべきなのはわかっているのだが、状況がそれを許さないため、すまない」

リアーネも照れていたが、それ以上に彼が照れていたため、何だかおかしい。

敵を前にしても怯《ひる》むことなく向かっていく強い人が、妻である自分を前にするとこんなにも落ち着かない様子になるのだと思うと、愛しくてたまらなくなった。

「平気です。シルヴェストル様が大事にしてくださったから。それより、とてもお腹が空きました」

リアーネが元気なのがわかると、彼は目を細めて嬉しそうに笑った。この顔を見るだけで、自分が彼にいかに大事にされているのかがわかる。これまでリアーネの人生でこんな優しい眼差しを向けられることがなかったから、今幸せでいっぱいだ。

「ああ、そうだな。しっかり食べて、残りの道のりも走り抜けよう。少し無理をすれば、今日中にこの先にある村へたどり着けそうなんだ」

「その村を抜けたら、いよいよラウベルグに着くのですね……」

期待と不安に、リアーネの胸は震えた。

前世の記憶を取り戻してからは、ただ死なないように、つつがなく婚約破棄されるようにということしか考えていなかった。

だが、こうして運命を切り開いて以降は、未知の世界だ。

「これまで驚くほど妨害があっただけで、普通にミルトエンデからラウベルグを抜けるのはこんなに大変ではないのだ。だから、もう何も心配しなくていいぞ」

「はい」

「本当に、奇妙なものだ」

首を傾げて従者たちと考え込むシルヴェストルを見て、リアーネは胸の奥がひやっとするのを感じていた。

自分のせいで険しい道のりになったのかと思うと、申し訳なくてたまらない。

しかし、彼らはそんなことでリアーネを手放す気はないらしい。

「姫、ラウベルグに着いてからいじめられたらどうしようとか、歓迎されなかったらどうしようなんてことを心配してますか？」

塞ぎ込んだのに気づいた様子のティムが、温かな飲み物を手渡してくれながら尋ねる。

それを受け取り、何と返事をしようかと悩んでいると、フィルが口を挟んできた。

「これまでどなたとも結婚しないと言っていた主君が選んだ人です。王家は歓迎こそすれ、いじめるなんてありえませんのでご安心を。そして、王家の決めたことに異を唱える貴族がいたら不敬で反逆です。そんな奴らの口は僕らが塞いでしまうから、姫は何も心配いりませんよ」

フィルが言うと、ティムも大きく頷く。可愛らしいおそろいの顔に物騒な笑みが浮かぶのを見て、リアーネは心配が吹き飛んでしまった。彼らが一体何をする気だろうという別の心配は浮上したが。

「リアーネ、君は何も心配することはない。何より、これからは楽しいことしか待っていないよ。私が保証する。だから君は、何も憂うことなく私の隣で笑っていてほしい」

国境が近いのもあり、森の中はリアーネの体験したことがない雪景色だった。

その雪景色の中で青白く輝く銀の髪をした美丈夫が、リアーネをまっすぐ見つめて微笑んでいる。

こんなにもまっすぐ気持ちを向けてくれる人が隣にいるというだけで、リアーネは安心できた。これからの日々が、彼の言葉通り楽しいものになると信じられる気がした。

だから、リアーネも力強く頷いた。

「はい、シルヴェストル様」

そのやりとりにより、自分たちが夫婦になったのだとリアーネは感じることができた。

第三章

国境付近の村を出立してから半日ほど走り抜け、リアーネたちはようやくラウベルグ王国へとたどり着いた。

村に到着したところで騎士団の出迎えを受け、その物々しさにリアーネはおののいたものの、聞けば彼らはシルヴェストルの部下たちなのだという。シルヴェストルが見初めた令嬢を連れて帰国するとの報《しら》せを受け、出迎えに馳《は》せ参《さん》じてくれたとのことだ。

そんな彼らに護衛されながら、信じられないほどの速度で王都まで移動となった。

ラウベルグ固有種の寒さに強い馬たちが牽《ひ》く馬車は、とにかく速かった。そして疲れ知らずだった。

毎日夜になれば休むとはいえ、それでもおそらく一日六十キロメートルほどは移動して、四日目の朝には王城へと運んでくれた。

毛足が長くもふもふしていて、足も短めの低重心で、とても愛らしい姿をしている彼らのパワフルな走りに、リアーネは早速虜《とりこ》になっていた。もう少し彼らとのドライブを楽しみたかったが、王城に着いてからは国王夫妻からの歓待を受けることになっていて、すぐさま支度に取りかからねばならなかった。

（歓迎されるとは聞いていたけれど、本当にすごいわ……）

王城に着いてリアーネが案内されたのは、とても広くて豪奢《ごうしゃ》な一室だった。

白を貴重とした調度品で統一されているが、寒々しい印象がないのは絨毯《じゅうたん》や敷布、長椅子などに淡い紅色が使われているからだろうか。寝台には繊細な布地で作られた天蓋がかかっていて、そういえば前世の子供時代にこんなベッドがほしかったなと思い出す。

絵に描いたような〝お姫様の部屋〟に、リアーネは少し落ち着かない気分になった。しかし、この部屋を用意してくれたのが王妃と王太子妃と聞いていたから、嫌な気持ちではない。

「こんな可愛らしいお部屋を用意していただいて……何だか申し訳ないわ」

そばについているフィルに、思わずポツリと伝えてしまう。

可愛らしい部屋を嬉しいと思う気持ちはあるものの、自分にこういったものが似合わないのはわかっているのだ。

きつく見られがちな顔立ちに、黒髪緑目という強い色は、このような可愛らしい色合いの対極にあると感じている。

それこそ、婚約者だったカースティンが惚《ほ》れ込《こ》んでいたプリシアのような愛らしい見た目の令嬢ならば、この部屋にいるのがとても似合っただろう。そんなことを思って、自分が彼女にコンプレックスを抱いていたのだと気づかされる。

「少し子供っぽいですよね。でも、王妃様は御子《みこ》が男子のみなので、嫁いできた女性はすべて自分の娘として可愛がりたいのです。だから、こういった少々行き過ぎた少女趣味を押しつけてしまうところがあるのですが……許して差し上げてくださいね」

フィルに申し訳なさそうに言われて、リアーネは慌てて首を振る。

「可愛いものが自分には似合わなくてもったいないと思っただけで、不満ではないのよ！むしろ、期待した王子の妻が可愛らしい系統の女性ではないとわかったら、がっかりさせてしまうかもしれないわ」

「そのような心配は無用です。リアーネ様は大変可愛らしくて、素敵な方です。何より、主君が選んだ人ですから」

フィルは自信満々で言う。彼女がこんなに強く言ってくれるのはリアーネを気に入っているからというのもあるかもしれないが、シルヴェストルが選んだ相手だという理由が大きいだろう。

だからおそらく、王妃も王太子妃もリアーネを歓迎してくれているというのは本当に違いない。

（とはいえ、いきなりお姑《しゅうとめ》さんと義兄《あに》嫁さんとの顔合わせってことよね……）

プレッシャーを感じてしまい、ついリアーネの顔は曇る。そんなことはお構いなしに、フィルは並べたドレスの中から今夜着せるものを選ぼうとしていた。

「姫の手持ちの衣装から選ぶのが無難ではありますが、ここはやはり頂き物のドレスを身に着けたほうが喜ばれるでしょうね。おそらく本命はこの薄紅色のドレスでしょうが……僕は姫の肌や髪色にはこの撫子《なでしこ》色が素敵だと思うのです」

フィルは一旦は薄紅色のドレスを手にとってリアーネの肌映りを確認したが、すぐにあきらめて別の色のものにした。薄紅色は似合わないことは承知していたが、いただいたものなら何とかしていずれ着てみたいとは思う。

「その撫子色のドレス、とても素敵だわ。それなら手持ちの靴や装飾品とも相性が良さそう」

「では、決まりですね。それでは、侍女を呼んできます。僕は着付は得意ではないので」

「あら……そうなの」

これからずっとフィルがそばについてくれると思っていたから、彼女が立ち去るのがわかって不安になる。それを察した彼女は、安心させるように手を握ってくれた。

「大丈夫です。この城の中に姫の敵はおりません。まあ……心得違いをしている人間がいたとしても、すぐに思い知ることになるから問題ありませんよ」

彼女が可愛らしい顔に何だか物騒な笑みを浮かべるのを見て、リアーネはますます不安になる。その言葉通りに受け取るならば、敵はいなくとも心得違いをしている――つまり、リアーネをよく思っておらず歓迎していない人間がいるということではないか。

「シルヴェストル様はなかなかお相手が見つからず、令嬢たちの多くは自分は選ばれないにしても一体どんな女性が選ばれるのかと、興味津々なのですよ」

「……そのような方たちから、これから洗礼を受けるのかしら？」

「いいえ、わからせられるのはむしろ周囲の人間たちでしょうよ。姫の姿を見て、自分たちに足りなかったものに気づくに違いありません」

「私はそのような大層な人間ではないのに……」

国王夫妻との面会が済めば、それから歓迎の夜会が開かれると聞いている。そこでシルヴェストル狙いだった令嬢たちから鵜《う》の目鷹《たか》の目で欠点探しをされるのかと思うと、リアーネは今から胃痛がしてきた。

フィルがこのように過大な信頼を寄せてくれているのも、何だか心苦しい。姿を見せるだけで周囲を黙らせることなんて、できるわけがないのだから。

「そうだ、姫。少々失礼いたします」

「え？　何？」

フィルはリアーネの両手に自分の手を重ねると、体重を乗せるようにしてぐっと押してくる。そうされるとリアーネは後ろに仰《の》け反《ぞ》っていくしかなく、気がつけば結構な角度に倒されてしまっていた。

「……よし。やはり姫はかなり体が柔らかいですね。問題ないです」

彼女はそれだけ言うと、部屋から出ていってしまった。入れ替わりに、侍女が二人入ってくる。

侍女たちに撫子色のドレスを着ると伝えると、すぐさま支度に取りかかった。だが、リアーネの手持ちの下着を見て首を傾げる。

「リアーネ様はコルセットをお着けにならないのですか？」

「いいえ。私のコルセットは、少し変わっているの」

通常のコルセットであれば、ひとりで着用するのはほぼ無理だ。着せてもらってから、ほっそりとした腰を作り上げるためにギュウギュウに紐を締めてもらう必要がある。

しかし、リアーネが職人に特別に作らせたものは、一般的なもののように締めつけるためのものではなく、あくまで長時間美しい姿勢で立っているのを補助するものだ。だから、締めつける必要はなく、編み上げ部分の紐を軽く縛るだけでいい。

「……コルセットなしでも、このように腰がくびれていらっしゃるのですね」

「本当だわ。コルセットを締める作業がないから、着付が簡単に済んでしまう……」

侍女二人はそんなことを小声で話しながら、リアーネにドレスを着せていく。

（ウォーキングや体作りのための運動をしていてよかったわ。コルセットで呼吸もままな

らないほど締め上げるなんて、あり得ないもの）

久々のドレス着用でありながらも、着心地は悪くなかった。一般的な淑女らしくコルセットで締め上げていたときは、たびたび気分が悪くなっていたのを思い出すと、やはり二度と着用したくはないと思う。

そして、夜会でよく見かける倒れる令嬢の何割かは、こういったコルセットによる締め付けが原因ではないかとリアーネは思っている。もっとも、彼女たちの間ではそれが愛らしく繊細な令嬢の姿で、感情が高ぶるとふらりと倒れてみせるのはむしろ嗜みですらあると、理解はしているのだが。

戸惑う侍女二人にドレスを着付けてもらい、髪と化粧が整って、ようやく久しぶりにリアーネは、鏡の中に令嬢らしい自分の姿を見つけた。

王城に登る際にも一応は見られる服装に整えてはいたのだが、それでもこういった〝淑女の武装〟は実にひと月ぶりで、不思議な心地がするとともに気合が入る。

（いよいよだわ……シルヴェストル様の妻になる者として、気に入っていただかなければ）

支度が整って、リアーネは謁見の間の前へ向かった。そこにはシルヴェストルがすでに来ており、リアーネの姿を見て破顔する。

「やはり、こういった姿の君も愛らしいな」

「シルヴェストル様も、素敵です」

シルヴェストルは王族らしい礼服に身を包み、髪も整えられていた。初めて夜会で出会ったときにも素敵だと思ったが、今日はあの夜よりさらにカッチリとした意匠のため、凛々しさが増している。

「今夜はリアーネのお披露目《ひろめ》だからな。そばに立つ私も恥ずかしくないようにと、気合を入れて着飾ってみた」

「私も気合を入れなくては……」

シルヴェストルと顔を見合わせ、頷き合ってから謁見の間に一歩踏み入れる。長く伸びる真紅の絨毯の先にシルヴェストルたちの家族――つまり、この国の王族と思しき人々が鎮座していた。

「ミルトエンデ王国から参りました。アーベライン家のリアーネと申します」

緊張で声を震わせながら、リアーネは淑女の礼でもって国王夫妻並びに王子たちへ挨拶をした。

二つ並ぶ玉座にいるのが、国王と王妃だろう。その脇を固めるように左右に座る黒髪と金髪の男性が王太子と第三王子、王太子の隣にいる濃茶色の髪の華やかな美女が王太子妃に違いない。

黒々とした眉と髭《ひげ》が特徴的な国王陛下は、リアーネのその様子を見て頷く。そして、その隣に座す銀の髪が美しい王妃は、感激したように立ち上がった。

「可愛いわ！　シルバーはこういうお嬢さんが好きだったのね！」

　王妃は国王が止めるのも聞かず、リアーネのもとへ小走りにやってきた。それに続き、もうひとり別の女性もやってくる。

「見て。きれいな黒髪よ」

「本当ですね、陛下。濃い髪色とした情報がなかったため、私くらいの色味かと思いドレスを発注しましたが、このように美しい黒髪ならばもっと別の色のドレスにすべきでしたね」

「そうよ。すぐに仕立て直しよ！」

　二人の女性は、リアーネを囲んであれやこれやとドレスの出来栄えについて話し合っている。どうやら、リアーネが来るのを楽しみにしていたというフィルの話は本当だったらしい。

「わたくし、息子を三人産んだのだから三人義娘ができるものだと楽しみにしていたのに、シルバーがなかなか結婚しないものだから待ちくたびれてしまっていたのよ。おかげで三男の結婚も遅くなってしまっていたし」

「私も、義妹ができるのを楽しみにしていたので嬉しいの。これからよろしくね」

「は、はい」

王妃も王太子妃も系統の異なる女性だが、どちらも圧が強い。しかし、とても優しそうだ。そして、リアーネを歓迎してくれているのがよく伝わってくる。

「お前たち、大事な話がまだだ……」

「今夜はリアーネのお披露目なのよ？　支度のほうが大事よ。今夜はお披露目、教会での婚約は明日、そして式は春でしょう？　話はそれだけ？」

「あ、ああ……」

国王が止めるのも聞かず、王妃と王太子妃はやってきたばかりのリアーネを連れて、謁見の間を出てしまった。なすすべなく連れられてきたのは、先ほどとは違う部屋だった。

「さぁ、着替えは無理にしても髪や耳の飾りくらいなら変える時間はあるわ」

「王妃様、ここはやはりリアーネの瞳と同じ深緑の石を身に着けさせるべきでは？」

どうやら衣装部屋と思しき一室で、リアーネは今度は次々に宝飾品との肌映りを確かめさせられた。王妃はとにかくリボンや花をつけたいらしく、あれやこれやと合わせて見ている。王太子妃は緑の石がついたものを中心に、リアーネに似合うアクセサリーを見繕っていた。

「あなたにつけた侍女たちは気が利かないわね。代わりに私たちが可愛くしてあげますからね。女の子にとって大事な日よ？　とびきり可愛くしなくちゃ」

そう言ってそっと髪に触れる王妃の手が優しくて、リアーネの胸は不意にキュッとなった。

きっと、年頃の娘と母はこんな会話をするのだ。しかし、リアーネは実母とこのようなやりとりをしたことはない。彼女は、アーベライン家の娘という存在に関心はあったが、リアーネには興味がなかったのだ。だから、こんなふうに可愛がられた記憶はない。

「急ぎの報せで知っただけだけれど、大変な思いをしたのね。これからは、私があなたの姉で王妃様が母です。どうか頼って」

「……はい」

胸がいっぱいになって目が潤んだが、ここで泣いてはせっかくの化粧が台無しになってしまう。だからリアーネは涙を堪え、王妃と王太子妃の手によって着飾らせてもらう鏡の中の自分を見つめた。

髪にいくつか紅色の花飾りをつけてもらい、耳と首もとを翠玉《すいぎょく》で飾られ、先ほどよりぐっと華やかになった。似合う色で顔周りを飾ったことにより、ドレスの肌映りもかなりよくなった。

「さぁ、素敵になったわ。リアーネは私たちでは着こなせない鮮やかな色がとても似合うのね」

「新しいものを仕立てる楽しみができましたね」

王妃と王太子妃が楽しそうに顔を見合わせる。きっと、これからどのようにリアーネを着せ替え人形にするのか考えているのだろう。初めは彼女たちの勢いにたじろいでいたリアーネだったが、今は楽しくなっている。

「さて、会場に向かいましょうか。リアーネは堂々としているだけでいいわ」

「……はい」

王妃に促され、夜会の会場へ向かうことになる。

先ほどまでリアーネの支度にはしゃいでいた二人が真面目な顔になっているのを見て、リアーネも気を引き締める。

（フィルの言っていたことが気になるわ……私はこれから、お披露目という名の品定めの場に出ていくのですものね）

王妃と王太子妃に付き添われている限り、正面切って嫌がらせをしてくる人はいないだろう。しかし、リアーネの一挙手一投足が注目されるのは間違いない。これまでシルヴェストルに見向きもされなかった女性たちならば、彼が選んだリアーネのことが気になって仕方がないはずだ。

夜会の会場である広間の扉が開かれると、それまで談笑していた人々の声が潮が引くように静かになるのが聞こえた。

一斉に人々の視線が王妃に、王太子妃に、それからリアーネに注がれるのがわかる。

予想していた通り、やはり女性たちからの視線が冷ややかだ。値踏みされていると、肌で感じた。

「お集まりの方々、こちらが先ほど報告させていただいた、ミルトエンデ王国から私が連れ帰った花嫁、リアーネ嬢だ」

そばに来たシルヴェストルが、リアーネを示して言う。すると、会場からは割れんばかりの拍手が巻き起こった。

(わあ……拍手はしているものの、ご令嬢たちの顔が怖くてまともに見られないわ。これは、婚約破棄騒動のとき以上のアウェイ感……)

シルヴェストルに紹介され、淑女の礼で応じたが、内心では冷や汗をかいていた。先ほどまで王家の人々に温かく迎えられていただけに、その温度差により震えてしまいそうだ。

「突然の話で驚かせてしまったと思うが、彼女は我が運命だったのだ。いかに運命を感じたのか、これから二人の舞踏から感じ取ってほしい」

「え?」

シルヴェストルが合図を出すと、広間の隅で待機していた楽団が構えた。それを見て、彼はリアーネに手を差し出す。

「リアーネ、私と踊ってほしい。我が国に伝わる、情熱の舞踏を」

何を踊るのか口にした途端、会場がざわめいた。

ざわめきの理由がわからず戸惑っていると、楽団による演奏が始まってしまった。戸惑

いながらもシルヴェストルの手を取ると、すぐさま回転が始まる。

曲調は速く、そのため踊りも速い。シルヴェストルはリアーネの手を取り腰に手を添える基本の構えで、会場中をくるんくるんと回り続けた。

時折、手を離してリアーネの体をその場で独楽《こま》のように回す。かと思えば、再び手を取って思いきりリアーネの体を仰け反らせるような姿勢を取らせる。

（あ、フィルが言っていたのって、このこと……！）

くるんくるんと振り回され、リアーネはただなすすべなく踊らされた。これは踊ったとは言えないほど、ただシルヴェストルのエスコートで回り続けただけだ。

だが、やはり彼と踊るのは楽しい。生き生きとした表情で、彼から見つめられるのがドキドキする。言葉は交わさず、アイコンタクトだけで「いけそう？」「大丈夫」「じゃあこの動きは？」みたいな意思疎通ができているのが、不思議な高揚感となる。

最後にその場でくるりと回ったところで、曲が終わった。

その直後、会場が拍手に包まれる。

（や、やりきった……）

リアーネは割れんばかりの拍手に驚くとともに、達成感を覚えていた。

シルヴェストルが何を踊るのか宣言したとき人々がどよめいたのは、これがとても難易度の高い曲だったからだろう。それを踊りきったとあって、周囲の人々のリアーネを見る目が変わった。先ほどまで刺すような視線を向けていたご令嬢たちさえ、今では遠慮がちに見つめてくるだけになった。

「これで、私の妻はリアーネしかいないと理解してもらえただろう」

シルヴェストルは爽やかにリアーネに笑いかける。リアーネは肩で息をしているというのに、彼は少し汗をかいているくらいだ。

日頃から体を動かし慣れていたし、ダンスのレッスンも好きで励んでいたから何とか彼の動きについていけたものの、今後はもっと練習しなければならないかもしれない。

だが、シルヴェストルの機転によってこうして、リアーネのお披露目は無事に終わったのだった。


そしてその夜。

寝台に横になったリアーネは、自分の体の異変に気がついていた。

(体が、ものすごく怠《だる》くて重い。つらくて眠りたいのに、妙に興奮して眠れない。これは……極度の疲労！)

シルヴェストルと激しいダンスを踊ったせいなのか、リアーネは満身創痍《まんしんそうい》になっていた。緊張に晒された気疲れもあるだろう。

それなのに、横になっても眠気がやってこないのだ。

この体では経験はなかったが、前世で体験したことがあった。いわゆる〝眠るための体力もない〟という状態だ。

明日はシルヴェストルと教会に赴き、婚約の誓約をする予定だ。眠くて疲れを残すわけにはいかないから眠らなくてはいけないのだが、目を閉じても高まった鼓動を感じるばかりで、息苦しくて一向に眠れそうにない。

何度めかの寝返りを打ったとき、控えめなノックの音が聞こえた。フィルか侍女かと思ったが、違った。「どうぞ」の返事のあとに入ってきたのは、シルヴェストルだった。

「シルヴェストル様」

「夜分にすまない。もしかしたら、眠れていないのではないかと思って、様子を見に来たんだ」

「実は……」

彼が少し心配そうな顔をしているのがわかって、リアーネは正直に打ち明けた。体はとても疲れているのに、頭が興奮しているのか全く眠れそうにないことを。

「あのダンスは激しいものだから、もしかしてとは思ったが。疲れと緊張が極度に達しているときは、寝る前に心身を緩めさせることが必要なんだ。戦いの最中などでは、まだ不慣れな兵士たちがよくその状態になる」

「戦いのときに、眠れなくなるのは大変ですね……眠れない兵士の方は、どうされるのですか？」

「少し酒を飲むかな。酒は過ぎれば毒だが、うまく付き合えば緊張をほぐしてくれるいいものだから」

シルヴェストルは瓶を手に部屋にやってきているから、もしかしたら酒を勧めにきたのかと思った。しかし、注ぐための器がないことから、どうやら違うとわかる。

「リアーネに何かうまい酒を飲ませてやることも考えたが、せっかくだから別の方法で心身をほぐしてやりたいと思ってきたんだ。香油で揉みほぐしてやろう」

「いい香り……」

シルヴェストルに瓶の蓋を取って差し出され、リアーネはその中の香りを確かめた。落ち着いた森のような香りの奥に果実を思わせる華やかさが混じり、とても心地よい香りがする。

「夫として、今からこの香油でリアーネを癒やしてやるからな」

「は、はい……」

促され、寝台に再び横たわらせながら、リアーネは内心ドキドキしていた。マッサージをしてくれると言っているが、これはそういう流れなのではないかと。

「まずは脚からほぐしていくぞ」

うつ伏せにされ、そっと膝裏を押される。それから、くるぶしからふくらはぎに流すように香油を手で揉みながら塗りこまれていく。

「ん……」

シルヴェストルの大きな手でマッサージされると、痛く感じるギリギリくらいの心地よさで、思わず声が漏れてしまった。

両方の太もものマッサージまで終わると、今度はそっと肩に触れられる。

「このぶんだと、背中も凝ってしまっているだろうな。リアーネが嫌でなければ、このまま上半身も解したいのだが」

「あ、はい……お願いします……」

上半身のマッサージをしても問題ないのなら自分で着ているものを脱いでほしいという意図が伝わり、リアーネは恥じらいながらガウンを脱いだ。

今夜はそういうつもりではなかったから、戸惑ってしまう。裸を知らない間柄ではないのだが、それでも好きな人に見られるのは恥ずかしいし、特別なのだ。

「この前は背中まで見る余裕はなかったが……リアーネは背中まで美しいのだな。無駄な肉づきがなく、筋肉が乗って……素晴らしい」

「あっ……んぅ」

「やはり、ここが凝るな。これを放置しておくと体を痛めてしまうかもしれないから、ゆっくり解していこう」

シルヴェストルはリアーネの背中にうっとりした様子で見入ってから、まずは背骨に沿って解していく。そのあとは、肩甲骨の内側をよく解すように、親指で深いところまで揉まれる。

彼が性的な意図を持って触れていないのはわかるのに、気持ちがよくて声が漏れてしまう。何より、直接肌に触れられているのだと思うと、相手に意図はなくとも意識してしまうのだ。

背中が終わると肩、腰、腕もたっぷりと時間をかけて解してもらった。少しずつ、自分の体がほぐれて、凝り固まっていた緊張や疲れなんかもほどけていくのを感じていた。だから、彼が優しく体を仰向《あおむ》けにさせたときには、すっかり気持ちも解れていた。

「よし。すっかり眠そうな顔になったたな」

リアーネの顔を覗《のぞ》き込《こ》むと、シルヴェストルは穏やかな笑みを浮かべて言う。それから、優しく髪を撫でて額に口づけてくれた。

「解し終わってからもし君が元気いっぱいだったなら、私のことも癒やしてほしいと思っていたのだが、こんなに愛らしい眠たげな顔をしているのを見たら、今夜は添い寝で我慢すべきなのだろうな」

「……すみません」

おかしそうに言ってから、彼は隣にゴロンと横になる。そっとリアーネにガウンを着せてくれたことから、本当に今夜は何もする気はないのだろう。

妻として、彼の相手をすべきだとはわかっていた。しかし、体の強ばりがなくなると今度は本当に眠たくなってきて、もう目を開けていることすらできなくなってしまった。

「いいんだ。明日教会に出向くときに君が足腰立たなくなっていたら申し訳ないし、母たちに叱られてしまうだろうからな」

「足腰立たなく……そうですね」

次に抱かれるときはきっと激しいのだろうなと、想像してリアーネの胸はトクンと跳ねる。だが、そのときめきに付き合う体力は残っておらず、リアーネはそっと目を閉じる。

「ゆっくりおやすみ。君の眠りは私が守ってやる」

「はい……おやすみなさい」

シルヴェストルの逞しい腕に優しく抱きしめられ、そのぬくもりに包まれ、安心して眠りに就いた。


そして翌朝。

リアーネは足腰立たず震える自分の体に驚いていた。

こうなってはいけないとシルヴェストルが遠慮してくれたのに、結局動けないほどヘトヘトになっている。

「筋肉痛かぁ。まあ、不慣れなダンスに体がついていかなかったのだろう」

「鍛錬が足りず、申し訳ありません」

「いや。筋肉痛は筋肉が成長する証。これでリアーネの体はさらに成長できるということなのだから、恥じることなどない」

　どうにか寝台の上に起き上がったリアーネを、シルヴェストルはいたわるように抱きしめた。彼の顔には満足げな笑みが浮かんでいて、何が喜びポイントなのかわかりにくいが、おそらく筋肉が育つことは彼にとって喜びなのだろう。

「今日は教会に行かなくてはいけないのに……」

「大丈夫。私が抱えて運んであげるから。——ほら」

「きゃっ」

　シルヴェストルは楽しそうに言うと、軽々と寝台からリアーネの体を抱き上げる。

　そのときちょうどドアが開き、侍女が中に入ってきた。

「シルヴェストル王子殿下！　何をなさっているのですか！」

「いや、可愛い妻を朝食室に運んであげようかと思って」

「リアーネ様は朝食をお部屋で摂られるのですよ。朝食室へ下りるのは殿方と未婚の女性だけです」

「そうだったか」

侍女に指摘され、シルヴェストルは素直にリアーネを寝台に戻した。それを見た侍女が、慌てた様子でかけてくる。

「リアーネ様、お体の調子はいかがです？　立ち上がれないほどおつらいのですか？」

「え、ええ……」

「そんなになるまで……！　これはシルヴェストル様のせいではなくて……」

「ち、違うのよ！」

リアーネの姿を近くで見た侍女は、そのガウンのはだけた寝乱れた様子に、昨晩シルヴェストルが無体を働いたと考えたらしい。

リアーネが必死に否定しようにも、状況的にはそう考えるのが自然で、彼も否定しないため余計にそう思わせてしまうのだろう。

「殿下はお部屋から出ていってください。リアーネ様はこれからお食事のあと、身支度がありますので」

「今日リアーネは動くこともままならないから、私が世話をしてやらなくては」

「……誰のせいでこのような状態になっていると思っているのですか」

シルヴェストルが部屋から出ていかないとわかると、侍女はあきらめてリアーネの支度に取りかかることにしたらしい。

リアーネは寝台から起こされると、下着をつけさせられ、もう一度ガウンをはおらせられ、きちんと前の紐を結われる。

それから、スープと果実という体が受け付けやすい食事を摂った。

「リアーネ様、立てますか？」

「な、何とか……」

食事が終われば今度はドレスの着付だ。立ち上がらなければドレスは着せられないため、侍女に支えられながらどうにか立ち上がる。

生まれたての子鹿のようにぷるぷるしながら、ドレスを着せられていく。しかし、まっすぐ立てない人にドレスを着せるのはやはり難しいらしく、日頃より時間がかかってしまっている。

「ごめんなさい……まさか立ち上がれなくなるなんて思っていなくて」

「立ち上がれなくなるほどのことをなさるなんて……」

ぷるぷる震えることを恥じるリアーネに、侍女はまたシルヴェストルへの誤解を深める。

「すまない。優しくしたんだが……」

「シルヴェストル様！」

「優しく抱いて眠ったのにな」

誤解を招くような発言をするシルヴェストルを止めようとするが、今は何を言っても無駄なのだろう。何より、彼が面白がっているのがわかって、リアーネは黙った。

「あの……本当にこれで教会に向かう気ですか？」

どうにか支度が整うと、シルヴェストルはリアーネを横抱きに抱え上げた。それから、城を移動して馬車に乗せられたところまではよかったのだが、どうやら彼はこのままの姿勢で教会に突入するつもりらしい。

「リアーネは今日は歩けないのだろう？　それなら、私が運ぶのが当然ではないか」

「いえ、歩けないわけでは……」

「事実は異なるとはいえ、そんなにふらふらしているのを見られたら、私たちが情熱的な夜を過ごしたと思われるかもしれない。それなら、私が過保護なほどに君を愛しているというふうに周りに思われたほうがいくらかマシではないか？」

「……わかりました」

お姫様抱っこで教会に入場だなんて、恥ずかしくて絶対に嫌だとは思う。しかし、シルヴェストルが言うように足腰立たなくなるほど抱き潰されたと誤解されるほうが問題だ。

この情けない姿を見られた上に破廉恥な妄想をされるのと、バカップルぶりを周囲に見せつけるのとでは、圧倒的に後者がマシだと判断し、リアーネは彼に抱きかかえられて馬車を降り、教会へと運び込まれた。

馬車を降りると、たくさんの人たちに視線を向けられ、恥ずかしかった。しかし、教会に入ってからはそれとは別の羞恥を覚え、リアーネは慌ててこっそりシルヴェストルに耳

打ちした。

「シルヴェストル様、やはりあまりにも場違いなので、下ろしてください。その代わり、隣で支えてゆっくり歩いてください」

「わかった」

彼がそっと床に下ろしてくれたことで、リアーネは自分の足で床に下り立った。

やはり震えてしまうが、抱えられるよりは見た目はきちんとして見えるだろう。

「転びそうになったら私が絶対に支えるから、安心して進むといい」

「はい」

そっと腰に手を添えられ、支えられながら一歩、また一歩と踏み出す。教会の中でそんなふうに歩くと、まるで挙式のときのバージンロードを思わせる。

挙式のとき、父親と一緒に歩くことはない。そのことを思ってふと寂しくなったが、すぐにそんな感傷は霧散した。

隣には、凛々しく美しいシルヴェストルがいてくれるのだ。こんな優しい美丈夫が、宝物のように扱ってくれるというのに、一体何の不満があるというのだろう。

日頃よりゆっくりとしか進めないのも、彼と過ごす時間がゆったり過ぎると思えば悪いものではない。そんなふうに考えると、リアーネは幸せな気持ちになった。

「リアーネ、ご機嫌だね」

「こんなふうにシルヴェストル様に優しくエスコートしていただけるのが幸せで……」

リアーネが正直に今の気持ちを打ち明けると、シルヴェストルは目を細めて見つめてきた。彼のこの愛《いつく》しむような目つきが、リアーネはとても好きだと思う。

「リアーネは本当に可愛いな。これから先の人生、ずっと私は君と共にいるよ」

「はい。……嬉しい」

喜びを噛《か》み締《し》めながら誓約書に署名し、二人の婚約は国中に知られ、揺るがないものになったのだった。


婚約が無事に済んだことで、あとは春の挙式までにラウベルグに慣れ、交友を広げていけば良いかと考えていたリアーネだったが、そんな悠長なことが許されるわけはなかった。

「シルバー、リアーネを借りるわよ！」

教会で婚約誓約書を提出した翌日、部屋でシルヴェストルとのんびり朝のお茶を楽しんでいると、賑やかな空気とともに王妃が飛び込んできた。その傍らには、当然のように王太子妃もいる。

「母上、義姉上、何事ですか？」

「これからリアーネの新しいドレスを仕立てるの。きちんと採寸をして、肌映りを確認して生地も選んで、とびきり素敵なものを作ってあげるのよ」

「そんな、突然連れ去らずとも……」

部屋に入ってきた王妃と王太子妃は、「さぁ行きましょうね」とリアーネを席から立たせる。それを止めようとしたシルヴェストルに、二人は揃って首を振った。

「いけませんよ、シルヴェストル。あなたは自分の部下たちをねぎらう仕事があるでしょう？　あなたがミルトエンデに行って不在だった間も、たゆまず鍛錬を積んでこの国のために励んでいた彼らを激励してやるのも、あなたの務めです」

王太子妃が言うと、シルヴェストルは何も返せなかった。確かに、上官である彼が顔を見せることも必要だろう。国境を越えた先の村で出迎えてくれた彼らは、まるで忠犬のようにシルヴェストルを慕っているのが顔を見ればすぐにわかった。彼もそれがわかっているから、何も言い返せなかったのだろう。

「それにあなたは、ひと月ほどリアーネと一緒だったじゃない！　あなたが仕事に行っている十日ほどリアーネをわたくしたちが独占したっていいでしょう？」

「それはまあ……彼女に寂しい思いをさせるのは嫌なのでむしろお願いしようとは思っていましたが、何もこんな急に来られるとは……」

「リアーネと離れるのが嫌ならとっとと仕事を片付けてくることね！」

「……わかりました」

王妃に強く言われ、シルヴェストルはまるで叱られた子供のように不貞腐《ふてくさ》れていた。しかし、仕事に行かなければいけないのは事実らしく、渋々立ち上がってリアーネのそばまで来る。

「そういうわけだから、少しの間留守にするよ。君と心置きなく蜜月を過ごすために、やるべきことを片付けてくる」

「お待ちしております」

彼がそっと頭を撫でてくれるのに目を細めると、王妃と王太子妃がそれを驚いた顔で見ていた。

「……シルバーも、恋をすると変わるものね」

「正直言って、あなたに女性を愛でるという機能があったことに驚いているわ」

「母上も義姉上もからかわないでください」

ムッとした様子で言ってから、シルヴェストルは名残惜しそうに部屋を出て行った。リアーネも寂しい気持ちになるが、すぐにそれどころではなくなる。

「さあ、リアーネ。今日はひとまずドレスの打ち合わせなのだけれど、明日はお茶会を予定しているし、明後日《しあさって》も明々後日も何かしらの会合があるのよ」

「そして明日の会合の主催は、リアーネにしてもらおうと思っているの」

促され、部屋を出て廊下を歩きながら予定について王妃から告げられる。ラウベルグでもミルトエンデ同様、冬の間は社交の季節なのだなと受け止めるも、王太子妃からの補足を聞いて驚いてしまった。

「会合の、主催ですか？　それは、招待状などを手配したりですとか、そういう……？」

貴婦人ならば、自分でお茶会などの集まりを企画することはよくあることだ。年若いうちは主に招かれる側だが、結婚すれば招く側にもならなければいけない。

だから、お茶会を開く際のノウハウなどはある程度知っているつもりだったが、明日に迫っている状態で主催をするのはあまりにも荷が重かった。

「城に集まっている方々を対象にした会合だから、特に招待状は不要よ。うちの国は冬の間、城で退屈をしのぐためにいろいろ集まって遊ぶのよ。だからリアーネも、明日の会合で何をして遊ぶのか決めればいいだけ」

「もちろん、何をして遊ぶのかどんな会をするのかでセンスが問われるのよ」

「それって、責任重大では……」

シルヴェストルから聞かされていたのはこれだったのかと、リアーネは内心とても焦りながら思い出していた。ラウベルグ人は遊びが好きだと聞いたときは素敵だと思うだけだったが、自分が娯楽になりえる会を主催しなければいけない立場になると、楽しそうだなどと呑気《のんき》なことは思っていられない。

「ボードゲーム大会を開く方もいるし、主題を決めておしゃべりをする会を開く方もいるの。だから気負わず、でもリアーネらしさが出る会にできるといいわね」

「私らしさ、ですか……」

どうしようかと悩んでいるうちに、目的の部屋にたどり着いたらしい。扉を開けると、たくさんの女性たちがずらりと並んでいるのが見えた。

手に巻き尺や針山を手にしているその姿から、彼女たちがお針子であることがわかる。

「さて、お嬢様。まずは採寸からさせていただきます」

「え、あ、はい」

お針子たちはリアーネを取り囲むと、すごい勢いであちこちの採寸を始めた。身長、胸囲、腹囲、腕の長さなどは理解できるものの、他にも腕や手首の細さなども測られていく。

「細かな採寸のため、一度下着になっていただいても？」

「はい、わかりました」

お針子のひとりがそう言ったため、リアーネは素直に応じる。この世界の下着は露出が少ないため、その姿になってほしいと言われても特に抵抗はない。ブラウスにアンダースカート、その下にはドロワーズがあるし、さらにブラウスの上からコルセットまで締めているのだから、あまり下着という印象はないのだ。

「お噂には聞いておりましたが、このような造りの甘いコルセットで、こんなにほっそりとした腰の線になるのですね……」

ドレスを脱がせたお針子が感嘆したように言うと、他のお針子たちも集まってきた。リアーネを取り囲み、腰の細さに驚いているわ。

「リアーネのコルセットは特注なのでしょう？　脱いでよく見せて差し上げたら？」

「はい」

王妃に提案され、リアーネは紐を解いてコルセットをお針子のひとりに差し出した。コルセットを外してもほっそりしたままの腰の線にしばらくみんな釘付《くぎづ》けだったが、コルセットがほとんど締め上げる能力がない作りだと理解すると、さらに驚きの声が上がる。

「どうなっているのですか……？　お嬢様はコルセットなしでこのお体の線を保っていらっしゃるということ……？」

「ええ。ほっそりとした腰を保つために、ほどよく筋肉が乗るよう運動をしておりますの」

周囲が信じられない様子だったため、リアーネは少しブラウスの裾をめくってお腹を見せてみた。腹筋は割れてこそいないものの、うっすら筋が入り、よく引き締まっているのは見て取れる。

「つまりはリアーネ様のように運動をすれば、この美しい腰の線が手に入るということなのですね！」

「素敵！　わたくしたちにもぜひご教示願いますわ！」

お針子たちがキラキラとした眼差しで見つめてくる。そんなふうに見つめられると、そのお願いを無下にできそうになかった。

どうしたものかと一瞬悩んだものの、それはたちまちひらめきに変わる。

「王妃様、王太子妃様、明日の会合の内容を思いつきました」

リアーネがそばにいた二人に声をかけると、二人も理解できたのか即座に頷く。

リアーネらしく、そして参加者が楽しめそうなテーマがあったではないか。

「明日の会合は、美と健康のための鍛錬と柔軟について皆様と一緒に取り組む会にいたします」

リアーネが宣言すると、その場から拍手が上がった。

お針子たちは会合に参加できないため、早く採寸を終わらせてリアーネから講義を受けたいと言い出す。その希望は全員が持っていたらしく、一丸となって採寸と仮縫いが行われ、予定していた衣装の打ち合わせはかなり早く終わったのだった。

それからリアーネは、無理のない範囲で初心者向けのストレッチを教え、朝のウォーキングや寝る前のマッサージを推奨した。体の準備が整ったら、腹筋を鍛えるための運動を教えることも伝える。

実際に体を動かして見せると、お針子たちはすぐに動きやすい衣装の必要に気づいた。

そのため、簡単な講義が終わってからは運動のためのウェアのデザインを決めるための話し合いが行われた。

乗馬の際に着用するスカートの下にパンツを仕込む服を下敷きに、より動きやすく、なおかつ疲れにくい生地選びについて話し合われた。王妃たちも興味津々で、自分たちがもし運動するならばどのような格好がいいかという希望を伝えていた。

新しいものが生まれる瞬間に立ち会うと、人々は高揚するのだろう。これまでなかった運動着という概念の誕生に立ち会ったお針子たちは興が乗ったのか、その場で要望を取り入れたものをざっくりと縫い上げてしまった。

身につけるのは、当然リアーネだ。前世でいうところのガウチョパンツのような、スカートに見えるもののパンツのように足元が分かれている衣服を身に着け、その着心地を確かめた。生地選びに改善の余地はあるものの、動きやすさは格段に向上したことから、リアーネは気に入ったとお針子たちに伝えた。

「すぐに量産できるよう、型紙や製法を共有いたします。ですので、明日の会合ではぜひこちらを身に着けてくださいませ」

お針子にそうお願いされては、頷くしかない。リアーネも、運動着が普及するのは賛成だから、ぜひにと頼んだ。

（前世の知識で筋トレやストレッチを教えるだけでこんなに尊敬されてしまっていいのかしらと思うけれど……この国に良いものをもたらせてよかったわ）

次の日、急ごしらえではあるものの、城にいる貴婦人たちを相手に講義を開いてみて、リアーネは手応えを感じていた。

夜会のダンスを見て、リアーネの体が並ではなく鍛えられていると感じていた令嬢たちは、どうすればその体が手に入るか興味津々だったのだ。

シルヴェストルに振り向いてもらえなかったとしても、別の殿方を射止める必要がある。そして、武人の多いこの国の男性たちの女性の好みは、少なからずシルヴェストルと似通っている。

だから、彼女たちはリアーネのようになりたいと考えたらしい。しかし、しなやかな体を手に入れるために筋肉をつけるという発想には至らなかったようだ。

「筋肉をつけると、その……騎士の方たちのように四角い体になってしまうのではなくて？」

講義を進めるうちに、令嬢のひとりが不安そうに尋ねてきた。彼女の質問に周囲も頷く。

リアーネも前世、細い体を手に入れたいのに筋トレするのは矛盾なのではないかと思っていた時期があったから、彼女たちの疑問は理解できた。立派な体の男性たちを思い浮かべれば、不安になるのも当然だ。

「表に見える筋肉をたくさんつけると、確かに騎士の方のように立派な体になってしまいますわ。でも、私たちが美しさのために身に着けるのは、見えない部分、内側の筋肉なのです。美しい姿勢を保つにも、ほっそりとした腰をコルセットによる締め上げなしで作り上げるのにも、まずは筋肉から」

　お針子たちを相手にしたときのように腹筋を晒すわけにはいかないから、リアーネは自分が着用している特別製のコルセットを見せた。その造りを見れば、締め上げる仕様になっていないのはわかる。リアーネがこれしか着けていないとわかれば、筋肉の有用さもご婦人たちに伝わったようだ。

　そこからは、初心者でも取り入れやすいウォーキングや、姿勢改善のためのストレッチを提案し、次の会合で腹筋を鍛えるためのトレーニングを紹介するということで締めくくった。

　次の日、早速リアーネが王妃たちを伴って朝のウォーキングをしていると、ぜひ一緒にと声をかけてくる令嬢たちがいたため、ウォーキングの会が発足した。

（こんなにも流れが急激に変わるなんて、思ってもみなかったわ）

　王妃と王太子妃の助けはありつつも、リアーネはラウベルグの社交界にあっという間に馴染んでしまった。どこに行っても歓迎され、何かすれば「さすがはシルヴェストル殿下が選んだ方」と感心されるのだ。

　最初は、彼が選んだ相手だからこそ値踏みされていたというのに、認められてしまえば何でも褒められるのだから複雑なものである。

　しかし、彼が仕事で不在の間の、せめて未来の妻としての務めを果たそうと励んだ結果、周囲と打ち解けることができてよかった。

ウォーキングの会の他にも、ボードゲームの会やお茶会に誘われ、忙しく日々を過ごしていた。

そんなある夜のこと。

まだ眠るには早い時間、リアーネはボードゲームのルールについて勉強しようかと思い、寝台で上体を起こして本を読んでいた。

集まりがない夜は、何だか時間の流れがとてもゆったりで長く感じられる。そんなときは次の社交に備えて学ぶのがいいだろうと思っているのだが、こうして起きているのは別の狙いもあった。

（まだお帰りにならないのはわかっているのだけれど、もしかしたらと思って起きていてしまうのよね）

本を読みながらも、リアーネはついシルヴェストルのことを考えてしまう。ミルトエンデを出てから、毎日一緒にいたのだ。そのせいで、たった十日ほど離れているだけでも寂しく感じてしまう。

何より、彼のことを恋しいと思うと、一度抱かれる喜びを知ってしまうと、こんな夜は心も体も疼いて仕方がないのだ。

こんな夜に彼がそばにいたら、きっと甘く優しくとろかしてくれるのだろう。肌と肌をすり合わせて、快楽の高みへと連れて行ってくれるに違いない。

そんなことを考えると、寂しい体を持て余してしまう。彼を求めているのだと自覚すると、内側から滲む熱を鎮めたくなってくる。

だが、彼に触れられるまで自分がどこで気持ちよくなるかも知らずにいたのだ。慰め方もわからず、ただ膝頭をすり合わせることしかできない。そうするともどかしさが増すばかりで、より寂しくなるだけだ。

「シルヴェストル様、会いたい……」

まさかこんなにも彼が恋しくなると思わずにいたから、リアーネは自分の心の変化に驚いていた。そして、心に影響されて体もこんなに寂しくなるなど、触れられる前には知らなかったことだ。

各地に配備された部下たちの様子を見て回るのに、少なく見積もって十日ということだった。だからおそらく、本来なら十日以上かかるのだろう。

冬の間、ここよりさらに雪深いノアエルメ帝国の人間たちは生き抜くのでやっとだから攻め入ってくることはないとは言われている。しかし、油断はできないし備えているのは必要ということで、常駐はしていないものの各地で訓練をしているのだという。

その様子を見て回るのは、シルヴェストルの大事な役目だ。その役目を負っている彼の不在を必要以上に寂しがるのは彼の妻になる者としていけないことだとは思うものの、やはりどうしようもなかった。

「シルヴェストル様……」

溜め息を漏らすように彼の名を呼んだそのとき、ドアが開かれた。そして、不思議そうな顔をした彼が入ってきた。

「リアーネ？」

「え、シルヴェストル様？」

「驚かせようと思ってこっそり入ってきたのに、もう気づかれてしまったのかと思った」

彼の姿を見て驚くと、いたずらっ子みたいな顔で彼がすぐ近くまでやってきた。

目を細め、確かめるように優しく頭を撫で、それからそっと抱きしめてくる。

「ああ、リアーネだ。こうして抱きしめたくて、頑張って仕事を終わらせてきたよ」

「そうなのですか……嬉しい。まだあと数日はお会いできないと思っていたので」

嬉しくてたまらなくて、リアーネも素直にその言葉を口にして抱きしめ返す。すると、彼の腕にさらに力が込められた。

「じゃあ、さっき私の名を呼んでいたのは、戻ってきたのに気づいたわけではなく、寂しくて呼んだのだね？」

「はい……シルヴェストル様のことを、考えていました」

「何と愛らしい……戻ってきたぞ、リアーネ。存分に私の名を呼ぶといい」

抱きしめて、髪を撫で、シルヴェストルはリアーネが愛しくてたまらないと示す。だからリアーネも、思いきり彼の胸に顔を埋めて、会いたくてたまらなかったことを示した。

「私がいない間、不自由なく過ごせていたか？」

抱きしめていた腕をほどくと、そばに腰を下ろしたシルヴェストルが尋ねてくる。こんなふうに近況を尋ねられるのでも嬉しくて、リアーネは元気に頷く。

「とても楽しく過ごせました。ドレスを仕立てていただいたり、お茶会やボードゲームの会に参加したり、私自身も今、会の主催をしているのですよ」

リアーネは、シルヴェストル不在の間の出来事について話した。特に、城に滞在している女性たちと一緒にウォーキングとストレッチの会を発足した話は、聞いてもらいたかったことだ。自分らしいことで人と関わりが持てたことを、夫になる彼にも話したかった。

「楽しそうでよかった。それで、リアーネは元気なのか？」

すり……と、意味深に頬に触れてシルヴェストルが尋ねてくる。彼の眼差しが甘いものになったことで、これが言葉通りの意味ではないとすぐにわかった。

「……元気です」

「それはよかった。ちなみに、明日の予定は？」

「んっ……特には……」

リアーネの答えを聞くより先に、彼は首筋に鼻先をうずめてきた。彼の質問の意図を察していたが、この行動によりはっきりと伝わってきて、リアーネは自身の中でくすぶっていた彼への愛しさに、本格的に火がつくのを感じていた。

「君がほしいんだ、リアーネ。会えない日々、君をこうして抱くことばかり考えていたよ」

「私もです……先ほども、シルヴェストル様が今そばにいてくださったらいいのにと、あなたへの想《おも》いに身を焦がしていたのです」

リアーネが正直に打ち明けると、彼が頬をその大きな手で包んできた。正面から見つめられ、口づけられるのだとわかってリアーネは目を閉じた。

「可愛いリアーネ……どれほど君が恋しかったか、これからたっぷり教えてやらなくてはな」

「んっ……ふぁ、んぅ」

唇を荒々しく重ねてきたかと思うと、シルヴェストルはリアーネの口内を舐め回した。温かく分厚い舌に口内を弄《いじ》られ、リアーネはあっという間にとかされてしまう。

息継ぎをしたくとも、吐息さえも貪られるかのような口づけに、リアーネは翻弄される。唾液を注ぎ込まれ、それをこぼさぬように嚥下するも、飲み干せなかったものが口の端を伝って滴っていく。

「ああ……柔らかくて可愛い」

「あっ、んんっ」

口づけながら、彼の手が乳房を揉みしだく。指が柔肉に沈みこむほど強く揉みしだかれ、彼の手の中で形を変える。

何度も何度も捏ねるように揉まれるうちに、胸の中心で色づく蕾《つぼみ》がぷっくりと立ち上がってきた。そこは充血して熱を持ち、触れてほしいと主張する。

だが、彼は執拗に口内と乳房全体への愛撫を続けるだけで、頂には触れようとはしなかった。

「ん……シルヴェストルさま……あ、ふあ、ん……」

「どうした、リアーネ？」

気持ちがいい口づけからどうにか逃れると、リアーネはシルヴェストルにどうにか訴えようとする。だが、いざ唇が自由になったとしても、伝えようとすると恥ずかしくてその言葉を口にできない。

そんなふうにためらっている間も彼の大きな手は、リアーネの真っ白な二つの膨らみを手のひらの中で捏ねている。その触れられ方が決して不快なわけではないのだが、近いところにもっと触れられたい場所があるため、もどかしくてたまらなくなる。

口づけで性感を高められてしまっている今、そんなふうにもどかしさを募らせられると、切なくて苦しくてどうにかなってしまいそうだった。

「……シルヴェストル様、おねがい……もっと可愛がってください」

目を潤ませ、熱い吐息をこぼしながらリアーネはねだる。こんなはしたないことを口にして軽蔑されやしないかと、恐れに胸が震えてしまう。だが、それ以上にもう我慢できそうになかった。

「なんて可愛い顔をしているんだ……どこだ？　どこに触れてほしい」

「んぅっ……胸の、中心に、ぃっ……」

「この可愛らしい赤い実に触れてほしいのだな」

「あぁっ……！」

リアーネが何をしてほしがっているかわかっていただろうに、シルヴェストルは少し悪い顔をして尋ねてきた。そして、リアーネが顔を真っ赤にしてどうにか願いを口にすると、その途端、二つの赤い蕾を指で思いきり摘んだ。

くるくると円を描くように親指で押されたり、軽く爪を立てられたり、彼の指は執拗にそこを苛《いじ》める。そんなことをされると痛いはずなのに、リアーネは痛みよりも快感を覚えていた。

「かわいくて食べてしまいたいとは、まさにこのことだな」

「ひゃっ……あぁ、んっ！」

指先で愛撫され、真っ赤になるほど弄られた片方の頂を、彼はおもむろに口に含んだ。

く弄った。

それから、舌先で荒々しく舐め回したり、唾液を絡めて音が立つほど吸い上げたり、激しく弄った。

その強い刺激によって、リアーネの体には瞬時に大きな快感が駆け巡って行く。

「ああ……何て素直で可愛い体なんだ。今のでこんなにもここを潤ませて」

「やっ、あ、あぁ……」

達したばかりのリアーネの脚の間に、シルヴェストルはそっと手を伸ばす。うっすらとした茂みをかき分け、その下の秘裂へと指を這わせられると、そこが彼の言うように蜜で濡れていることがわかる。

「ゆっくり時間をかけてほぐしてやりたいが……私のものは痛いほどに君を求めているんだ。だから、少し手荒になるが許してくれ」

「ふぁっ、あっ……あぁ、んっ……」

シルヴェストルの指が、秘裂を割って中へと入ってくる。その圧迫感に、一度に二本挿れられたのだとわかる。しかし、十分に潤んだリアーネのそこは苦しいながらも彼の指を呑み込み、招くように蠢いていた。

内側からこじ開けられるかのような、そんな感じを覚えながら、リアーネは内側を擦られる快感に溺れていく。

彼の指は蜜を外へとかき出すかのように激しく抜き挿ししたかと思うと、蜜口を広げるようにぐるりと円を描く動きをする。そこに触れられることが気持ちがいいと知っているからか、彼の指を感じてリアーネの中からは蜜がどんどん溢れてくる。

「一度達していたほうが、リアーネもより感じやすくなるかな」

「あっ……！」

探るように動いていた彼の指が、ある一点をぐっと押す。そこは、初めての夜に探り当てられてしまったリアーネの好いところ。指の腹で押すように擦られると、腰から強烈な快感が全身を駆け巡って行く。

「ひ、だめっ、そこ……あぁんっ、あっ、あぁ……！」

快感の波が押し寄せる感覚が徐々に短くなっていき、波と波がやがてぶつかり合ったとき、リアーネは達した。腰を反らし、爪先を丸めて波にさらわれるのに耐えるような動きをするも、意識はふわりと押し流される。

「こんなに締めつけて私を求めて……今すぐ鎮めてやるからな」

「あん……」

リアーネの中から指を引き抜いたシルヴェストルは、その指をペロリと舐めて見せる。

そして、性急に自身の身に着けていたものを脱ぎ捨てていく。

愛撫ですっかり高められたリアーネは、胸を高鳴らせながら彼を見つめた。上衣を脱ぎ、シャツを脱ぎ、急いた様子で下衣を脱ぎ去ると、彫像のような研ぎ澄まされた美しい体が現れる。

　鍛えられた筋肉がついた雄々しい肉体に、リアーネの視線は自然と惹きつけられる。もちろん、最も意識してしまうのは、彼の中心でそそり立つ雄々しさの象徴だ。

「離れている間、何度も君を夢に見た。組み敷いて、思うまま君の体を貫《つらぬ》く夢を」

「シルヴェストル様……」

　横たわるリアーネの顔の横に両手をついて、シルヴェストルは覗き込んでくる。そうされると、彼に閉じ込められているようでドキドキしてしまう。

　これから、リアーネは彼に抱かれるのだ。しかも、初めての夜とは違い、きっと手加減はしてもらえない。

　彼の逞しい体に思うがまま貫かれ、貪られ、快感に溺れさせられるのだ。不慣れなリアーネはなすすべなく快楽の波に呑まれてしまうに違いない。

　そのことを怖いと思う以上に、リアーネは期待していた。これから彼の熱杭で貫かれることを考え、先ほど指でほぐされた蜜口がさらに潤むのを感じた。

「口づけてやるから、怖がらず力を抜いておくんだ」

「はい……んんっ」

　覆い被さってきたシルヴェストルに唇を奪われ、リアーネの意識は彼の蠢く舌に向いた。口づけというより、口の中を舐められる行為だ。戸惑っているうちにリアーネの小さな舌は彼の舌に捕らえられ、絡め取られていく。

だが、口内の愛撫に集中できていたのも、最初のうちだけだった。

「あっ……ひ、ぅっ……んぁ……」

指でほぐされ、小さく口を開けていた秘裂に屹立の先端をあてがうと、シルヴェストルはゆっくりと腰を進めた。すると、強烈な圧迫感と共に質量を持った熱さが内側へと入り込んでくる。

無理やり体を開かれていく感覚に、リアーネは悲鳴を上げそうになった。だが、その苦悶《くもん》に満ちた吐息さえ、彼に奪われてしまう。

「初めのうちは苦しいだろうが、じきに私のものを上手に呑み込めるようになる。君は私の鞘なのだから」

「ん……はぃ……あぅ、んっ」

隘路を突き進みながら、シルヴェストルはリアーネの口内を愛撫するのを忘れない。また、さらなる快感を引き出そうというのか、胸の頂は指先で摘んで捏ねていた。

胸の頂を刺激されると、下腹部が、彼のものを咥え込んでいる蜜壺が、甘く疼く。それにより、圧迫感や痛みよりも、貫かれていることに快感を覚えるようになる。

「ここも可愛がってやると、さらに好《よ》くなるかもしれないな」

「あっ……！」

シルヴェストルの指が、大きく口を開けて屹立を呑み込んでいる秘裂の上の花芽に触れた。秘裂が目いっぱい広げられているせいか、日頃隠れている最も敏感な部分が剝《む》き出《だ》しになっていた。

そこを蜜を塗り込むように撫でられ、強烈な快感を与えられる。先ほどまで感じていた快楽の何倍もの強く痺れるような感覚を与えられ、リアーネの意識はあっという間に高みへと上りつめる。

「だ、めぇっ……シルヴェストルさまっ、あっ、……あぁぁっ！」

「締めつけが……っ」

大きく腰を跳ねさせ、リアーネは達した。達したことで、内側に呑み込んでいる彼のものを強く締めつける。彼の顔に苦悶にも似た表情が浮かぶが、それが苦しみではないのは、腰の動きを止められない様子からもわかる。

「もっと好くしてやるからな。その可愛い顔をとろかしてやる」

「んぅ……」

シルヴェストルは、花芽を撫《な》で回《まわ》していた指をリアーネの口元に持ってきた。何も指示されずとも自然に、リアーネはそれに舌を伸ばす。

目を潤ませ、頬を染めて彼の指を舐めるリアーネの表情は、ひどく淫らだ。日頃の鋭い美貌しか知らぬ者には、想像もできないほどの淫靡な姿だ。

己がそのような姿を晒し、夫となる人を誘惑しているなどと知らないリアーネは、彼の与えてくれる快感に溺れながら、彼にも気持ちよくなってもらいたいと媚《こ》びるように指を舐める。ただ彼の指を舐めるだけなのに、それすら快感を呼ぶことに気づき始めていた。

「柔らかく温かな君の中を一気に貫いてしまいたいが、君にはもっと気持ちよくなってもらわなくてはな」

言いながら、シルヴェストルは貫いたままリアーネの姿勢を変えさせた。仰向けから体を横向きにさせ、片脚を高く上げさせた格好にする。

「あっ、そこぉ……すごく、ぁあんっ、やっ……」

「ここがリアーネの好いところだものな。また気を遣《や》るまで突いてやろう」

「んぁっ、だめっ……ぁんっ、あっ！　あぁっ！　だめぇ……っ」

指で擦ると悦《よろこ》ぶ、ごく浅い部分にある弱いところを、シルヴェストルは執拗に屹立の先端で擦り上げた。姿勢を変え、角度をつけたことで、彼の雄々しいものはリアーネの好い部分によく当たるようになった。

強すぎる快感に、達したばかりのリアーネは恐れをなして抵抗する。しかし、彼のものを咥え込んだ肉襞は正直で、さらに蜜を溢れさせ、悦びをもって締めつけている。

リアーネを喜ばせたいシルヴェストルが従うのは、リアーネの体のほうだ。快感に不慣れなリアーネ自身は怯えるのだろうが、本能はこれがとても気持ちがいいことだと知っている。だから、さらに奥へと誘うように蠕動《ぜんどう》しているのだ。

「いや」「だめ」と目に涙を溜めて懇願するリアーネの声には、甘えるような響きが滲んでいる。弱い部分を突かれるごとに、ねだるように締めつけてもいる。

リアーネの無自覚のその媚びを、シルヴェストルは見逃さない。何を望んでいるのか的確に探り当て、再び快楽の頂へと上らせる。

「かわいいリアーネ……何も恐れず、存分に気持ちよくなるといい」

「だめ……あっ、……ぁ、あぁっ！」

ビリビリするような強烈な快感を覚えながら、未知の感覚が迫ってくるのを感じてリアーネは怯えていた。気持ちがいいはずなのに、自分の体が変になってしまいそうな気がする。甘い疼きが大きな快感となって下腹部を震わせているのを自覚すると共に、何かが自分の中から解き放たれようとしているのを感じていた。

どうにか意識を逸らしてその何かから逃れようとするも、シルヴェストルの容赦のない攻めになすすべなく、意識が真っ白に塗りつぶされていく。

「や、だめ……出ちゃ……ぁあんっ……！」

ひと際激しく彼のものを食い締めたかと思うと、結合部から飛沫《しぶき》が上がった。その直後、リアーネの体からは力が抜け、ぐったりとする。

だが、意識が頂から戻ってくると、自分の痴態に羞恥で真っ赤になった。

「すみません……あぁ……何てこと……」

快楽のあまり粗相をしたと思ったリアーネは、恥ずかしさのあまり両手で顔を覆った。

だが、そんなリアーネの腰をシルヴェストルは優しく撫でる。

「恥じることはない。今のは、快楽に対する素直な反応だ。女性の体は、そのようにできているのだという」

「……そうなのですか？」

「ああ。だから、私は君をひとつの高みに連れて行くことができたのだと、誇らしい気持ちだ」

優しくなだめながら、シルヴェストルはまだ半分も入っていなかった自身を、リアーネの中に呑み込ませていく。すっかり潤み、熱を持ったリアーネの内側は、それを悦びをもって迎えた。

「リアーネ、君は私が与える感覚をすべて恐れず受け止めるだけでいい。君は私の鞘なのだから」

「はい……あぁっ！」

シルヴェストルはリアーネを再び仰向けに寝かせると、今度は両脚を肩に担ぐようにして一気に貫いた。深々と突き刺され、腹の内側が押し潰されるような感覚になる。

しかし、痛みや苦しみを感じる余裕はなかった。この瞬間まで我慢に我慢を重ねたシルヴェストルは、もう止まることはなかった。

大きく引き抜き、勢いよく奥まで貫く――その動きを、彼は激しく繰り返した。ただ呑み込むだけでも体を内側から押し開かれるような圧迫感を与える質量が、そんなふうに荒々しく抜き挿しされるのだ。リアーネは呼吸もままならず、ただ与えられる感覚に喘いでいた。

「リアーネ……ああ、離れている間、何度こうして君を抱くことを夢想したか……」

上から叩《たた》きつけるように熱杭でリアーネを貫きながら、シルヴェストルはかすれた声で切なげに言う。眉根を寄せ、快感に耐えるその顔を見れば、彼の果てが近いのがわかる。

「シルヴェストルさま……あぁ……ぅ、んっ、……あぁっ」

内側を蹂躙《じゅうりん》され、リアーネも息も絶え絶えだ。それでも、嵐のような彼の情欲を受け止めるうちに、快楽と充足感のようなものを得ていた。

愛しい人が己の体に欲望をぶつけてきていると感じるのは、何とも言えぬ悦びがあるのだ。求められるのは心地よい。もっと相手を満たしてあげたい。そんな思いが内から湧き上がると、リアーネの内側は甘く疼いた。

「リアーネっ……そんなに締めつけては……」

「シルヴェストルさま……来て……あぁ……」

奥に、もっと奥に――そんな本能の声に導かれ、リアーネは彼の腰に両脚を絡めた。離したくない。最奥で彼を受け止めたい。そう強く思った。

たっぷり蜜で濡れた肉襞に締めつけられ、シルヴェストルもこらえることができなくなったようだ。彼はより一層激しく腰を動かすと、ひと際大きく奥を貫いた。

「……んぁあっ！」

「っ……！」

爆《は》ぜるようにして、屹立が震えながら飛沫を上げる。その注ぎ込まれる感覚に、リアーネも震えた。

「あぁ……シルヴェストル様、好き……」

「私も、君が愛しくてたまらない」

「んぅ……」

達したあとの余韻と幸福感に包まれながら、二人は口づけ合った。唇を重ねるだけでは当然足りず、舌と舌を絡め合う。その間も、まだ彼のものは脈動していた。

息継ぎの合間にシルヴェストルがリアーネの中から己を抜き去ると、先ほどまで繋がっていた部分から白濁が溢れる。

彼はそれをじっと見つめてから、そっとリアーネの体に触れた。

「あっ……シルヴェストルさまっ、んっ」

「君を見ていたら、この欲望は尽きることがないような気がしてくる」

彼は指先で秘裂を撫でている。先ほどまで逞しい剛直で貫かれていたからか、物欲しそうに口を開いている。そこに溢れたものを塗りつけるように指を動かすうちに、再び彼のものは力を取り戻し、まだ戦えることを訴えるように雄々しくそそり立った。

（……本当に、一度きりでは終わらないのだわ）

彼が臨戦態勢なのを目の当たりにして、リアーネは恐れをなしていた。自分の中にも確かにくすぶる熱はある。しかし、少しも休むことなく交わるなどと思っていなかったから、少し怖くなってしまったのだ。

「シルヴェストル様、少し休ませてください……きゃっ」

彼から逃れようと、リアーネはうつ伏せになった。それが逆効果だと知らなかったのだ。

「ああ、わかった。今度は後ろから可愛がってやる。——この前、君の体をほぐしてやったときにこの美しい背中を見く、次はこの背中を見ながら繋がってみたいものだと思っていたのだ」

「あぁぁ……」

逃げる間もなく後ろからのしかかられた。しかし、すぐに挿入はされない。

彼は猛《たけ》る自身をリアーネの脚の間に挿れると、そこでゆっくりと腰を動かす。溢れた蜜と白濁が混じり合ったもので濡れた秘裂を、屹立で擦り上げるのだ。そうされると、敏感な花芽が擦れ、リアーネはなすすべなく快楽に震える。

背後で何が起こっているのか見えないのに、音と感触により伝わってきてしまう。たとえそれらがなかったとしても、気持ちがいい場所をたっぷりと愛撫され、また高められていた。

しかし、それでは肝心の、一番触れてほしい部分に届かないことでもどかしさも感じる。

「そんなに腰を揺らして……可愛いな」

「だって……」

自然と腰を揺らしてしまっていたのを指摘され、リアーネは羞恥した。だが、それでもねだるように腰をくねらせるのをやめられない。

今、花芽と秘裂を擦っているのは、彼の猛る剛直だ。それを内側に呑み込むことの快感を知っている今、外側を擦られるだけで満足できるはずがない。中に来てほしくて、思いきり突き上げてほしくて、リアーネの腰が揺れる。

だが、まだ恥じらいがあるせいか、その願いを口にすることができずにいた。

「こんなに可愛いことをされたら、応えてやるしかないな」

「あっ……！」

しばらく丸い尻を撫でながら腰を動かしていたシルヴェストルだったが、ぐっと押し込むような動きをして、屹立でリアーネの内側を貫いた。期待に口を開いていたそこは、抵抗はありつつもそれを呑み込んでいく。

「んっ……ぁっ……あぁん……あぁっ」

　奥を貫かれた瞬間、リアーネはこれまで感じたことがないほどの強烈な快感を覚えた。それは締めつけによってシルヴェストルにも伝わったらしい。

「そうか。奥で感じるようになったのだな。それなら、とことん可愛がってやろう」

　そう言うと、彼はゆっくり浅く腰を動かし始めた。深く速い抜き挿しとは真逆の、ひどく緩慢な刺激の仕方だ。

　しかし、それは最奥での快感を覚えたばかりのリアーネには効いた。

「やっ、だめぇ……トントンしちゃっ……あっ、あぁ……」

　最奥を、子を宿す空間の入り口を、ノックするように熱杭が打ち付けられる。すると、リアーネはひどく感じてしまい、蜜壺を蠕動させた。穏やかな振動が、体をまるで奥底から揺らすような快感を覚えていた。

　先ほどの行為ですっかり性感を高められているリアーネは、新たな刺激によってあっという間に高められていく。ゆっくりと確実に押し寄せる快感の波から逃れようとシーツを摑んで逃げ出そうとするも、深々と貫かれている上に腰を摑まれていて、どこにも行けない。

「すごい締めつけだ……これでは、またすぐ果ててしまいそうだな」

「あっ……おっきくなって……」

リアーネの中で、シルヴェストルのものが力強さを増したのを感じた。ただでさえ太く逞しいものが、リアーネの中で快感を得て、またさらに雄々しさを増していく。

内側から押し潰されそうな圧迫感に喘ぐものの、苦しいだけではなく気持ちよさも覚えていた。気持ちが良くて、快楽に果てがなくて、リアーネは媚びるように柔肉を震わせる。

「も、だめ……っ」

快感が弾けて、瞼の裏で星が瞬いているような心地がしていた。彼のものを激しく締めつけながら、それすら新たな快感になり、リアーネの意識は高みから戻って来られなくなる。

「……私も、君の中に注ぎたくてたまらなくなってきた……受け止めてくれ」

ずっとゆっくり動いていたシルヴェストルが、切ない吐息混じりに言う。そして大きく引き抜き、荒く突き入れる動きを数度行うと、リアーネの細い腰を強く摑んで、そこで果てた。

脈打つのに合わせ、熱杭から欲望が迸《ほとばし》る。それだけでもリアーネは感じてしまうのに、彼がさらに奥へとねじ込むように腰を動かすから、もっと気持ちよくなってしまう。

「可愛いな、リアーネ……私の愛しい鞘」

絶頂の余韻に浸りながら、欲望の証を熱杭の先端でリアーネの中に塗り込むように彼は動く。彼にまたたっぷりと注がれたことで、リアーネは下腹部が悦びに疼くのを感じていた。

彼がゆっくりと自身を抜き去ると、二人の体液が混じり合ったものが再び溢れ出した。それがさらなる性感となって、もっと気持ちよくなりたいと感じたが、体はもう限界だった。

「今夜は二回、耐えられたな。今後はもっと可愛がるぞ。私が君を愛する気持ちは、こんなものではないのだから」

横になり、抱きしめてきたシルヴェストルがそのような怖いことを言う。だがこれは脅しではなく、きっと彼なら一晩中でもリアーネを抱いて可愛がることができるのだろう。

それをうっすら怖いと思いつつも、嫌ではなかった。むしろ、叶うならば思う存分、彼の愛を受け止めたいと思い始めている。

この世で彼の愛と欲を受け止められるのは、妻となる自分だけだ。他の者にその座を譲る気などない。それなら、一晩中でも、何度でも、彼を受け止めなければならないのだ。

「……はい。あなたの妻として努めるので、どうか可愛がってください」

言葉にすると照れてしまって、リアーネは思わずシルヴェストルの胸に顔を埋めた。汗と、雄々しいにおいがする彼の腕に包まれて、先ほど可愛がられていた場所がキュンとした。

「私が鍛えてやるのだ。心配することはない」

満足そうに言ってから、彼は口づけてきた。舐めるような、貪るような口づけを浴びながら、疲れ果ててリアーネは眠りに落ちた。


その翌朝。

リアーネは騒々しい気配と声で目が覚めた。

「主君！　どこにいらっしゃるのかと思ったら、姫のお部屋だったのですか！」

そう言って部屋に入ってきたのは、フィルだ。珍しく、今日は女性用のお仕着せを身に着けている。いつもはティムとお揃いの男性従者の格好なのに。

「おはよう、フィル」

「姫まで起こしてしまって申し訳ありません。主君の姿がなかったことからもしやと思い、ここへやってきたわけですが、他の侍女にこの有様を見られるのもどうかと思いまして、姫のお世話を言いつかったという名目で来ております」

「まあ、そうだったの。シルヴェストル様、何かご予定があるの？」

昨夜の情事のあとを色濃く匂わせる姿を自分がしているのはわかっていたから、リアーネは来てくれたのがフィルでよかったと内心ほっとしていた。しかし、彼女がこの剣幕《けんまく》でやってきている理由が気になる。

「本来なら昨夜陛下に報告へ行かねばならなかったのを、姫のお顔が見たいという理由で今朝にしていただいていたのです。それなのに、顔を見るどころかしっかりお楽しみではありませんか……」

「それは大変！　シルヴェストル様、朝ですよ」

事情を聞いて慌てて起こそうとするも、シルヴェストルはびくともしない。声をかけても体を揺さぶっても何の手応えもないため、心配になってくる。

「もー……かなりお疲れだったところを、張り切って無理をするからですよ。この様子だと姫、昨夜は無体を働かれたのではありませんか？」

「そ、そうね……それでも、手加減はしてくださったようなのですが」

あけすけに聞かれてしまうと恥ずかしいが、彼が本気を出していないのはおそらく間違いない。それでも疲れは溜まっていたのだろう。リアーネが根気強く体を揺さぶり続けて、ようやく薄目を開けた。

「……おはよう、リアーネ。朝からおねだりだなんて、可愛いことをするのだな。おいで」

艶っぽい笑みを浮かべて両腕を広げる彼を見て、リアーネはドキドキしてしまった。ここにフィルがいなければ、誘惑に負けて起き抜けに濃厚な愛を交わしてしまったかもしれない。

しかし、しっかり者の従者がそれを阻む。

「違いますよ！　主君はこれから陛下に各地の訓練状況についての報告があります」

「フィル……夫婦の愛の時間を邪魔するのか」

「ご夫婦の時間よりも優先すべきものがありますので！」

「……仕方がないな」

フィルが絶対に譲らないのを理解すると、シルヴェストルは渋々頷いた。しかし、リアーネをそっと抱きしめると、頬ずりをして離す気配はない。

「し、シルヴェストル様……ダメですよ」

「あーあ。こうなれば〝銀の君〟も形無しですね。ひとたび伴侶を見つけた途端こんな腑《ふ》抜《ぬ》けになるなんて、誰も想像しませんでしたよ」

リアーネを抱きしめたままうんともすんとも言わなくなった彼に、フィルが思いきり冷ややかな眼差しを向けている。しかし、それよりもリアーネは彼女が発した言葉が気になった。

「銀の君って、シルヴェストル様の異名？」

ここに来て初めて、〝知っている〟言葉が出てきたことで、ひどくドキドキしながらリアーネは尋ねた。それを不思議そうにしつつも、フィルは頷く。

「そうです。王子三人の髪色にちなみ、〝黒の君〟〝銀の君〟〝金の君〟と呼ばれているのですよ。国内での愛称です」

「そうなの……」

聞き間違いではなく、その記憶にあった呼び名がシルヴェストルを指すものだとはっきりわかったことで、リアーネは動悸《どうき》のせいで息苦しくなっていた。

（〝銀の君〟って、原作の中でナレ死した隣国の王子のことじゃない……！）

これまでシルヴェストルは、前世読んだ漫画の中には出てこないと思っていた。しかし、彼はナレーション部分のみで語られ、しかも死亡していたのを思い出したのだ。

武力の要たる〝銀の君〟を亡くしたことで、ラウベルグ王国はノアエルメ帝国に攻め入られ、敗れる。それがミルトエンデ王国と帝国との戦争のきっかけになるのである。

よりにもよってそんな情報を今まで思い出さずにいたことに、リアーネは自分の呑気さを悔やんだ。

しかし、こうして自分の死は回避できたのだから、彼の死もまた回避できるのではないかと、そのときはまだ考えていた。

第四章

(シルヴェストル様が死んでしまうのを、何としてでも食い止めなくてはいけないわ……!)

彼が漫画の中で死んでしまうキャラだったことを思い出したリアーネは、不安を抱えていた。

病死であることは描かれていたものの、それ以上の描写が作中になかったからだ。

つまり、彼が死んでしまう設定であるのを思い出したところで、どう助けたらいいのか見当がつかないということだ。

(でも、シルヴェストル様が病気になるなんて、考えられないわ)

リアーネはシルヴェストルのことを健やかの化身のような人だと思っているから、彼が病気になるのを想像できなかった。

ということは、病死に見せかけた謀殺の可能性もあるということだ。作中で、シルヴェストルの死をきっかけにノアエルメが攻め込んできたのを考えると、彼を殺す理由や利点を持つ人物はいるということだろう。

そう考えて、リアーネは怖くなった。彼の身が安全かどうか、今すぐ確かめたい。

しかし、本人に直接聞くのは何となく憚《はばか》られ、ひとまず国内に不穏な動きがないか探ることから始めてみた。

昼間は、相変わらず婦人たちの会合に顔を出している。そこで何気なくノアエルメについて尋ねてみたり、国内の情勢について水を向けてみたり、できうる限り情報を集めようとした。

国王の補佐として政務に当たっている王太子の妻である王太子妃にも、それとなく聞いてみた。

しかし、リアーネが欲しい情報は手に入らなかった。というよりも、懸念していることは起きていないというべきなのか。

「姫、お疲れですね」

夕食の前、部屋で休んでいると、支度を手伝いに来たフィルが心配そうに言った。彼女はドレスの着付けの練習を頑張ったことで、今ではリアーネの侍女の役目も果たせるようになっている。

「心配事があっていろいろ調べてみたのだけれど、欲しい情報が手に入らなくて……」

「姫がずいぶん、ノアエルメとの関係や情勢について気にされていたと聞きました」

「王太子妃様からね……そうなの」

シルヴェストルが誰かから命を狙われるとしたら、十中八九ノアエルメ情勢絡みだと考えていた。だから、ノアエルメからスパイや暗殺者が入ってきていないかだとか、国内にノアエルメと通じている人物がいないかだとか、そういうことから探ろうとしたのだ。

しかし、やってきてすぐ肌で感じたように、この国は平和だ。隣国との関係上、常に緊張感はあるものの、不穏な影は感じられないのである。

そして、王太子妃からは暗殺者がもし仮に入ってきているとして、狙うのはシルヴェストルではないだろうと伝えられている。ラウベルグの軍を弱体化させるのが目的であれば効果的ではあるが、国を落とすという目的なら彼を狙うのは迂遠《うえん》だと。

そう説明されれば確かにそうだと頷《うなず》くしかなく、危険を冒して狙うメリットがない彼に暗殺者の手が伸びるのは考えすぎなのかもしれないと思い始めていた。

「主君のことを心配されているようですが、何か理由があるのですか？」

「それは……」

心配だったからとはいえ、自分の行動は少々怪しかったなとリアーネは気づいた。その怪しさを払拭するには正直に打ち明けてしまうのが良いとわかりつつも、話すのはためらわれる。

前世の記憶を取り戻したなどと口にすれば、たちまち気が触れたと思われるだろう。そんなことになったら、きっとシルヴェストルとの結婚もなくなるし、最悪この国にはいられなくなる。だから、前世の記憶の部分は濁して話すしかない。

「恐ろしい夢を見たの。シルヴェストル様が病気で死んでしまう夢よ。シルヴェストル様が死んでしまった結果、ノアエルメに攻め入られて……大変なことになるの」

　考えた末、夢の話にしてしまうことにした。それはうまくいったらしく、フィルはすぐに納得した顔になる。

「それでノアエルメのことをいろいろ聞いて回っていたのですね」

「そうなの……だって、恐ろしくて」

　怖いと思っているのは本当だ。だから、リアーネがそれを強調して言えば、フィルも理解を示すように頷いてくれる。

「確かに、主君の存在なしであの国とやり合うのは厳しいです。しかし、それで敗けてしまうほど腑抜《ふぬ》けた奴《やつ》らは揃《そろ》えていないのですよ。〝護国の大盾〟が育てた騎士たちがいるのですから、苦戦はしても敗けはしません」

　フィルは本当に自分の主人を信じているらしく、力強く言う。それを聞くと、リアーネもそんな気がしてくる。

「夢の中では病気で死んでしまったのだけれど、私、シルヴェストル様が病気になるなんて信じられなくて……だから、暗殺の心配をしてしまって」

リアーネが真剣な表情で言えば、フィルは思わずといった様子で吹き出した。

「あの、主君も人間なので風邪くらいひきますよ？　だから、病気になることくらい当然あると思います」

「あ……そうよね」

「主君のことをそれだけ強い方だと思っているのは理解できますし、主君もきっと喜ぶとは思いますが」

指摘され、リアーネは恥ずかしくなってしまった。わりと本気でシルヴェストルは病気にならないのではと考えていたのだ。しかし、きっと風邪くらいひくだろう。ということは、病気になる可能性だってないわけではない。

「何の話をしていたんだ？」

ノックもなしにドアが開かれたかと思うと、シルヴェストルが部屋に入ってきた。ちょうど彼の話をしていたところだったから、リアーネはドキリとする。

「主君、どうせドアの前で聞き耳を立てていて、ご自分の名前が聞こえてきたから入ってきたのでしょう？」

「いや、聞き耳を立てていたわけではないが、偶然聞こえてきてしまったから、気になって……」

フィルに指摘されると、シルヴェストルは少し気まずそうにしたが、気にしているのはリアーネの様子のようだ。聞こえていたのに隠すのはあまりよくないと思い、リアーネは打ち明けることにする。

「実は、シルヴェストル様が病死してしまう夢を見て怖くて、それをフィルに話していたのです」

「なんと……私を失う夢を見たのが怖かったのか。可愛い人だ。だが、私はそんなやわな男ではないよ」

リアーネを落ち着かせてやろうとしたのか、彼はそっと抱き寄せてきた。しかし、まだドレスの着付けの途中だったため、フィルに手で追い払われる。

「主君、姫が可愛いのはわかりますが、レディの支度を待てない男は嫌われますよ」

「それなら、待つとしよう」

フィルに注意されたシルヴェストルは、近くにあった椅子を引き寄せ、そこに腰を下ろした。おそらく部屋を出て待てとフィルは言ったのだが、通じないとあきらめたのかリアーネの支度に戻る。

フィルがこだわっていたのは仕上げの部分のリボン結びで、彼女が思う形になるまで何度か結び直された。そのあとの化粧と髪結いはそんなに時間はかからなかったため、シルヴェストルを待たせる時間はさほどなかった。

もっとも、彼は待つ間ずっとニコニコしていて、その様子からリアーネの支度を見るのがどうやら好きなのだとわかる。

「そういえば、今日わざわざ呼びに来てくださったのは、何か訳があるのですか？」

夕食を一緒に摂《と》るのは珍しくはないが、こうして呼びに来ることはこれまでなかった。

だから気になって聞いてみたところ、シルヴェストルは何かを思い出した顔になる。

「そうだった！　今夜は何か大事な報《しら》せがあるらしく、父たちと共に食事をすることになっていたのだった」

「お待たせしてしまっているということですか？」

「焦らずとも大丈夫だ。どうやら良い報せらしく、兄たちがそわそわしているだけだ」

まさか国王陛下を待たせているのなら大変だとリアーネは慌てたが、シルヴェストルは落ち着いたものである。彼の顔を見る限り、報せの内容にも見当がついているのだろう。

彼と一緒に晩餐《ばんさん》の場へ向かいながら、リアーネは考える。王太子たちがそわそわする良い報せというのは、果たして何なのだろうかと。

「あ、もしかして……！」

ひとつの可能性に行き当たり、嬉《うれ》しくなってシルヴェストルの顔を見たが、彼はニッコリ笑って唇に人差し指を当てる。わかっても気づいていないふりをしようという彼の気遣いに、リアーネも同意する。

「遅くなってしまい、申し訳ありません」

晩餐《ばんさん》が用意された部屋に入ると、やはり最後だったらしく、王家の人々は揃っていた。だが、嬉しい報告の場だとわかっているからか、誰も咎《とが》める雰囲気はない。

「ようやく揃ったな。わざわざ集まってもらったのは、今夜は王太子と王太子妃から報告があるからだ」

リアーネたちが席についたのを確認すると、国王が口を開いた。そう紹介された王太子と王太子妃が、幸せそうにはにかみながら立ち上がる。彼らのその顔を見れば、リアーネは自分の予想が正しいのだろうと思った。

「実は、我が妻が懐妊した。生まれるのは秋の予定だ」

王太子がそう宣言した途端、その場にいる全員が拍手をした。誰も驚きの声をあげない様子を見ると、みんな報告の内容は予想していたのだろう。しかし、予想していたとしても本人たちの口から報告を受けると喜びが伝わってきて、リアーネも嬉しくなる。

「この方の妻となり五年……ようやく授かることができました。私たち夫婦にとって待望の世継ぎであり、この偉大な王国の血を継ぐ者です。大切に産み育てるので、どうかお力添えをお願いいたします」

喜びに頬《ほお》を染め、王太子妃が深々と頭を下げる。次に視線を上げたとき彼女が自分を見たのがわかって、リアーネは力強く頷いた。こうして頼まれなくても、力を貸さないわけがない。

「今年の冬は、何て喜ばしいことが続くのかしら。春にはシルバーとリアーネの結婚式、そして秋にはお世継ぎが生まれて私はお祖母様《ばあさま》になる……幸せだわ」

「わしも祖父か……」

嬉しそうに言う王妃に、国王もしみじみと頷く。それを見て第三王子が隣に座るシルヴェストルをつつき、「兄様たちもすぐに授かるよな？」などと言うものだから、リアーネは照れて笑うしかなかった。

婚約後の性関係はこの国では認められてはいるが、すでに周りの知るところになっているのはやはり恥ずかしい。しかし、シルヴェストルには全く照れた様子がない。

「そればかりは授かりものだから何とも言えないが、挙式を済ませたらすぐにでも欲しいと私は思っている」

第三王子に対して答えているようで、実際はその言葉が自分に向けられたものだとわかる。その証拠に、彼の視線はとても甘かった。鋭く凛々《りり》しいその美貌に甘い艶が浮かぶのを、リアーネはドキドキしながら見つめた。

今夜もきっと、彼の愛を徹底的に体に教え込まれるのだと思いながら食事をしたから、そのあとどのような会話を交わしたのかも、何を食べたのかもあまり記憶になかった。

ただ王太子夫妻の幸せな空気にあてられて、みんなとても幸せそうな雰囲気だったのだけは感じていた。

「リアーネ、入るぞ」

晩餐後、一度シルヴェストルと離れて部屋に戻ってから、休み支度を整えて待っていると、ようやく彼がやってきた。

これから彼に可愛がってもらうのだと胸を高鳴らせて待っていたのだが、彼のまとう空気には食事のときにあった、艶っぽさはなくなっていた。

「遅くなってしまい、すまなかったな。明日の準備をしていたのだ」

「明日の準備、ですか？」

そわそわする彼はまるで少年のようで、何が彼をそんなに興奮させているのか気になる。

「明日、いよいよ雪遊びをリアーネとしようと思って、犬ぞりなどの手配をしてきたんだ」

「雪遊びを？　ということは、〝雪の家〟を作って遊ぶのですね？」

思いもよらない知らせに、リアーネはたちまち嬉しくなった。ミルトエンデからラウベルグまでの道中で聞かされてからずっと、どんなものなのか気になっていたのだ。

しかし、いざラウベルグに到着したらずっと忙しかったのと、この国の雪は特別なイベントではなく日常なのだ。それなのに遊びたがるのは何となくいけないことのような気がして、気にはなっていたが言い出せなかったのである。

「親として保護者として、子供たちに遊びを教えてやらねばいけないからな。そのためにはまず自身が詳しくなくてはいけない。というわけで、リアーネにもラウベルグの一員として雪遊びに慣れてもらわなくてはいけないと、急ぎ準備をしたのだ」

「……そういうことだったのですね」

突然どうして雪遊びを思いついたのだろうと不思議だったのだが、理由を聞いて納得した。どうやらシルヴェストルは、伯父になることが楽しみすぎて浮かれているらしい。

「そうですよね……私もいつか周りの子供たちに教える側になるのですから、しっかり覚えなくては」

寝台の上に起き上がり、気合を入れると、シルヴェストルがそばまで来てニヤけるのを隠さず抱きしめてきた。

「あぁ、可愛い……君は何でも一生懸命になるのだな。だが、明日はまず楽しむことから始めてほしい。覚えようとしなくても、楽しむうちに身につくものだ」

彼は本当にリアーネを可愛いと思っているらしく、抱きしめて頬ずりをして離さない。こんなふうに愛《め》でられた経験がないため、まだ戸惑ってしまうが、彼のこのような愛情表現をリアーネは愛《いと》しく思う。

「犬たちも騎士団も準備をしているから、リアーネはただ楽しむことだけを考えたらいい」

「犬たちはわかりますが……騎士団の方々まで？」

「ああ。私の部下たちはリアーネをもてなしたくてうずうずしていたから、それもあっての今回の雪遊びだ」

驚くリアーネに、シルヴェストルは何でもないことのように言う。迎えに来てくれた彼らのことを思い出すと、確かに喜んで遊んでくれそうだと思いつつも、そんなことに騎士団を駆り出していいのか気になる。

「日々訓練や防衛のために頑張ってくださっている方々に、私の遊びの支度を手伝ってもらっていいのですか？」

「むしろ、気分転換になるさ。明日手伝ってくれる者たちは、雪遊びのことを伝えると大喜びしていたぞ。リアーネが雪に不慣れだと聞いて、張り切っていたみたいだ」

「それなら良いのですが……」

気になることはいろいろあるが、シルヴェストルがあまりにも嬉しそうにしているから、リアーネも気にしないことにした。何よりやはり、思いきり雪で遊べるとあって楽しみでたまらない。

「本当は今夜君を思いきり可愛がりたかったのだが、明日を楽しむためには体力を温存しておかなければならないからな」

リアーネを抱きしめたまま、シルヴェストルはゴロンと寝台に横になる。彼がその言葉通りリアーネを抱く気がないのは、背中をポンポンと優しく叩《たた》くことからよくわかる。

「あの、シルヴェストル様」

「背中を叩いて寝かしつけてやるからな」

「う……はい」

背中を鼓動と同じくらいの速さで叩くその手つきはひどく優しいが、リアーネは他のことが気になって眠れそうになかった。お腹《なか》のあたりに、何か硬いものが当たっているのだ。

晩餐のときに見つめ合って、お互い期待しているのはわかっていた。彼は雪遊びの準備をするうちにその欲求が収まったのかと思ったが、どうやらそうではなかったらしい。

「……一度くらいなら、きっと私の体も大丈夫だと思いますけれど」

そっと触れてみると、痛々しいほどに張りつめているのがわかる。そんな状態で彼が眠れるのか気になって、リアーネは提案してみる。

しかし、シルヴェストルは首を振った。

「可愛い婚約者を前にして男の体がこのようになるのは、生理現象だ。そんなもの、時間が経《た》てば落ち着く」

「……このまま私を、抱きしめた状態でも？」

彼が強がりを言っているのがわかって、リアーネは尋ねてみた。

彼に鍛えられ、少しずつ体は鍛えられている自覚はある。当然、無遠慮に抱かれれば次の日に響くだろうが、優しく一度抱かれるくらいならきっと大丈夫だ。

というより、リアーネだって期待していたのだ。大好きなシルヴェストルと甘い時間を過ごしたいと思って待っていたのだから、彼の欲望をぶつけられるのはやぶさかではない。

そう思って硬く猛《たけ》る彼自身を服の布越しに優しくさすってみるのだが、彼はその手を取ってそれを制止する。

「……リアーネの気持ちは嬉しい。だが、だめだ。なぜなら、一度きりで止められる自信はないし、どうせ抱くのなら思いきりがいい。だから、今夜は我慢する」

リアーネが〝いたずら〟できないように両手を捕まえた状態で言われてしまうと、彼の意思が固いのがわかる。それならば、リアーネも我慢するしかないのだろう。

「明日も雪遊びで疲れてしまうだろうから、明後日……いや明々後日か。とにかく、二人で過ごす時間はいくらでもある。だから今夜はお互い、おとなしく眠るぞ」

「ふふ……わかりました」

本当は彼は抱きたくて仕方がなくて、それでもリアーネの体を気遣って我慢してくれているのだ。その優しさと自制心の強さが、リアーネはたまらなく愛しくなった。

一緒に時間を過ごすごとに、この人に見初められてよかったと思う気持ちが強くなる。

彼の妻になれるのが、何よりの幸運で幸福だと感じている。

「……シルヴェストル様、大好き」

最初のうちは落ち着かず、眠れるだろうかと思っていたが、彼の体温とにおいに包まれるうちに安心して、そのうちに眠くなってきた。

リアーネがもう触れてこないとわかると、手首の戒めを解いて背中を叩くのを再開してくれた。だから、そのうちに気持ちよくなって、気がつくと意識を手放していた。

＊＊＊

（啖呵《たんか》を切ってみたはいいが、ほとんど眠れなかったな）

高ぶりを解き放つことなく寝台で共に過ごした翌朝、シルヴェストルは自分の昨夜の決意を後悔していた。

抱くのを我慢するのならせめて、共に眠りたいと抱きしめてみたら、あまりにもリアーネが可愛くて理性が崩壊しそうだった。

一度だけなら抱かれてもいいと恥じらいながら提案してくれたとき、素直に応じていればよかったのかもしれない。しかし、この愛らしく魅力的なリアーネを前にして一度欲を解き放つだけで我慢できるはずがないとわかっていたから、歯を食いしばって断ったのだ。

それに、たとえ寝不足になったとしても、やはり昨夜断ってよかったと今は感じている。

雪原ではしゃぐ無邪気なリアーネを見たら、やはりきちんと休息をさせて正解だったと

わかるからだ。

「シルヴェストル様、この子たち、まだ走りたいみたいです」

先ほどまでそりを引いていた犬たちを撫《な》で回しながら、リアーネが言う。

寒くないようにと真っ白な毛皮の帽子と外套《がいとう》を身に着けたその姿は、雪の精か何かと見紛《みまご》うほどの愛らしさだ。

（あんなにはしゃいで……可愛い子だ）

シルヴェストルは自分の頬が緩みっぱなしなのに気づいて引き締めようとするも、リアーネを視界に入れるとすぐにまた緩んでしまうのに困っていた。

「では、もうひと走りしてから雪の家に向かおうか。そろそろ雪の切り出しも終わっているだろうから」

「はい！」

シルヴェストルがそりを走らせると言うと、リアーネは手を叩いて喜んだ。彼女がそんなふうに嬉しそうだからか、犬たちも日頃より張り切った様子を見せる。

凛々しい美貌の彼女が、こうして笑ったり手を叩いて喜びを表現したりするのを、出会ってすぐは想像できなかった。だからきっと、彼女の元婚約者も、この愛らしさを知らずにいるのだろう。

何ともったいないことだと思うと同時に、彼女の魅力は自分だけが知っていればいいという気もしてくる。とはいえ、この国に来てからの彼女はたちまち周囲を魅了して、あっという間に人気者になってしまったが。

「何て楽しいのでしょう。シルヴェストル様、私、ラウベルグに来られてよかったです」

犬たちが走り出すと、リアーネはシルヴェストルに思いきりしがみついて言う。彼女が本当に楽しんでいるのが伝わってきて、シルヴェストルも嬉しくなった。

「そう言ってもらえてよかった。実は、この寒さに嫌気が差してミルトエンデに帰りたいと言われたらどうしようかと思っていたのだ」

言ってから、シルヴェストルはしまったと思った。たとえ帰りたいと思ったところで、彼女が帰る場所などないと思って家を、国を、出たことを知っているのに、これは失言だったと。

しかし、リアーネは少しも気にした様子もなく笑っていた。

「寒いのは確かに苦手ですが、この寒さも雪も楽しむ術を持っているラウベルグの人たちが好きです。だから、私はこの国で楽しく暮らしていけると思います」

彼女の声はどこまでも明るい。そこに、無理に気丈に振る舞っている様子はないのに安心する。

彼女はよほど犬ぞりが気に入ったらしく、ずっと笑い声をあげてご機嫌でいた。乗せる人間の機嫌の良さが伝わったのか、犬たちも気合を入れて元気よく走っていく。

「シルヴェストル様、騎士団の方たちが見えてきました！」

犬たちの進路を目的地へ向けて変えると、少し走ったところでリアーネが気づいた。さらに早く向こうも気づいていたらしく、部下たちが張り切って手を振ってきた。

「殿下、準備は万端です！　いつでも積み上げられます」

彼らの待つところへそりを走らせて行くと、部下のひとりがやってきて言う。彼が示す場所を見れば、指示した通りに雪のレンガが作られていた。

「すごい！　雪のレンガだわ！　どのように作るのですか？」

雪の家の材料に気づいたリアーネが、興味津々で問う。その様子が可愛らしかったからか、騎士たちはそわそわと近づいていき、作り方を説明し始める。

「雪を敷き詰めて固めたものを、ノコギリで切り出していくのです」

「なるべくきれいな形に切り出すのが大切なのですよ。そのために、よく押し固めて雪を硬くするのがコツです」

説明を聞くうちにリアーネが目をキラキラさせたため、騎士たちは目の前で雪を固めて切り出して見せた。そして騎士たちは士気が高まったのか、猛然と雪レンガを運んで積み上げ始める。

「まぁ、すごい！　螺旋状《らせんじょう》に積み上げていくのですね！」

瞬く間に積み上がっていく雪の家を目にして、リアーネがまたも感激の声をあげる。それに調子づいたらしい彼らは、無駄に筋肉を見せつけるような格好で雪を運び、壁を作り、かけ声をあげる。さながら、軍事訓練のようだ。

男たちのむさ苦しいその姿に怯《おび》えるかと思いきや、リアーネはずっと感心したように見つめている。犬ぞりの犬たちに声をかけ、「見て、すごいわね」と言っている。日頃騎士たちに関心を示さない犬たちまで、リアーネにそう声をかけられると気になったのか、じっと雪の家ができあがるのを見つめている。

その様子を見ているとシルヴェストルは何だか妬《や》けてきてしまって、気がつくと自分も雪レンガを手にしていた。

「リアーネ、見ていろ！　私のほうがもっとすごくて大きいものを作ってやるからな！」

宣言するや否や、猛然と雪レンガを積み上げていく。彼らが作るものより大きな雪の家にするため、一番最初に作る円はより大きなものにする。

急ごしらえの家は崩れやすい。だから、急ぎつつもレンガとレンガの間にはきちんと雪を敷き詰め、強度を増すように壁を作っていくから、途中で崩れることもなく天井まで積み上げることができた。時々横目で見ていると、騎士たちは急ぎすぎたあまり、何度か積み上げた壁が崩れていた。

すべての壁を積んだら、あとは出入り口を開ければ完成だ。ノコギリで人がくぐれる大きさに口を開けて、その部分を補強すると、立派な雪の家が現れた。

ってていった。


「リアーネ」

「すごい！　とっても大きくて立派な家です！　もう中に入ってもいいですか？」

シルヴェストルが呼ぶよりも先に、リアーネはそばまでやってきていた。中に入りたくてうずうずしている様子の彼女に頷いてみせると、子供のようにはしゃいで入り口をくぐっていった。

「とりあえず灯《あか》りを持ってきたぞ」

本当はまだ、中を整えたり寛《くつろ》ぐための物を持ち込んだりしたかったのだが、リアーネが入りたがったのだから仕方がない。

「ずっとその体勢でいては疲れてしまうだろう。おいで」

シルヴェストルは雪の地面に腰を下ろすと、中腰でいる彼女に声をかけた。少し悩んでから、地面に座るよりいいと思ったのか、おずおずと膝の上に座ってくる。

「この中は、本当に外より暖かく感じるのですね」

「こうしてくっついていると、より暖かく感じるだろう？」

「……はい」

至近距離に顔があるのが照れてしまったらしく、リアーネは恥ずかしそうに目を伏せた。だが、少しして決意を込めて視線を上げると、唐突にシルヴェストルの頬に口づけてきた。

「リアーネ……可愛いことをしてくれるじゃないか」

「こんなふうに大事にしてもらえて、嬉しくて……だから、感謝を伝えたかったのです」

はにかむ表情が可愛くて、シルヴェストルは今朝どうにか鎮めた欲望が顔を出しそうになるのを感じた。二人きりではないし、ましてや外だ。こんなところで彼女を求めるわけにはいかないから、抱きしめるだけでこらえるしかない。

「君が喜んでくれるのなら、いくらでもこのくらいのことはしてやるさ。だから君は、ただ幸せになることを考えたらいい」

「はい」

シルヴェストルに体を預け、安心しきっている様子の彼女を見て、決意を新たにする。どんな困難や不幸からも彼女を守り抜き、幸せにすると。そのために、さらに強くなろうと。

（それにしても、寝不足で張りきりすぎたかな。体が少し痛む気がする……）

関節に違和感を覚えつつ、シルヴェストルはしばらく雪の家でリアーネを抱きしめて二人だけの時間を楽しんだ。

そのときはまだ、自分の体の異変をただの疲れだと思っていたのだ。

＊＊＊

雪の家と犬ぞりで遊んだリアーネは、ご機嫌で城へと帰り着いた。

このあとは着替えて夕食を摂ったら、部屋でまたシルヴェストルと一緒に過ごすのだろうかと、そんなことを考えてドキドキしている。

（私、一日遊んで疲れはしたけれど、体力は残っているわ）

隣を歩く彼をチラリと見上げ、これからのことを考える。彼は昨夜、次に共寝をするのは明後日だと言っていたが、それはリアーネの体力を気遣ってくれてのことだ。

つまり、リアーネが元気なら彼と一緒に夜を過ごせるということだろう。

彼がどんな気分でいるのかはわからないが、リアーネは彼と肌を合わせたいと思っている。未経験の頃、そういう気分になるのは男性ばかりなのかと思っていたが、今は違うとわかる。

女にだって欲はある。そしてリアーネは、今とてもその欲を満たしたい気分だ。

「……シルヴェストル様」

リアーネが呼びかけると、彼は視線でそれを受け止めた。よく見ると、その顔には珍しく少し疲れが滲《にじ》んでいる。

とてもではないが、今夜睦《むつ》むことを提案できる雰囲気ではない。

「お疲れのご様子ですね。すみません、はしゃいでしまって」

「いや、いいんだ。君に喜んでもらいたくてしたのだから」

シルヴェストルは穏やかに笑みを浮かべて、リアーネの頬を撫《な》でる。そこに艶っぽさはなく、犬たちを撫でるのと同じ手つきだ。

慈しまれているのはわかるが、彼にリアーネと同じ欲はないのがわかる。

「実は、昨夜あまり眠れていなくてな。まだまだ元気なつもりではいるが、やはり寝不足ではしゃぐと疲れるらしい」

リアーネが心配そうに見つめたのが伝わったのか、彼は恥ずかしそうに笑った。それを聞いて、自分だけ昨晩ぐっすり眠ってしまったことに気がつく。

「……すみません。私ったら、シルヴェストル様の腕の中が心地よくて、安眠してしまって……シルヴェストル様は眠れていなかったのですね」

「腕の中で眠る君を見ているのはとても幸福だから、いいんだ。だが……今夜はお互いゆっくり休むためにも、別々の部屋で過ごしたほうがいいかもしれないな」

そう提案しつつも、彼はリアーネの頬を撫でていた。離れたいわけではないと伝えてきているのだろう。

その手に自分の手を重ね、リアーネは頬ずりしてみた。言葉ではなく態度で、仕草で、自分の気持ちを伝えたいと思ったのだ。

肌を重ねられずとも一緒にいたい。一緒に過ごすだけで幸せなのだと。しかし、欲を抑えることに集中するあまり彼がぐっすり眠れないというのなら、離れて過ごすことも必要なのだろう。

「それでは夕食を共にしたら、今夜は各々ゆっくり休みましょうね」

「ああ。私は少し部屋で休んでから食事にするつもりだから、いなくとも気にしなくていい。困ったことに、体が痛くてな」

「わかりました……早く痛みが収まりますように」

シルヴェストルはリアーネを部屋の前まで送り届けると、額に口づけを落として去っていった。名残惜しいが、彼がミルトエンデからラウベルグへの道中でも見せなかったほどの疲れを滲ませているのを目の当たりにすると、わがままを言う気にはとてもなれなかった。

(明日になれば、きっと大丈夫よね)

自分に言い聞かせるつもりで思ったが、そのときすでにリアーネの中で嫌な予感は膨らんでいた。


翌日、リアーネは嫌な予感がしてシルヴェストルのもとを訪ねようかと考えていた。

彼が体が痛いと言っていたのが、今になって気になり出したのだ。筋肉痛ならばそれでいいが、もしかしたら違うかもしれない。

だからフィルに彼の部屋を訪ねたいと言ってみたものの、様子が何だかおかしかった。

「シルヴェストル様？　ん──……お仕事が忙しいそうなので、終わればご自分で姫のところへ来ると言ってらっしゃいましたよ」

「そうなの？」

「は、はい。ですので、姫はゆったりお待ちください。もしかしたら、お仕事が終わるまで数日かかる可能性もありますが……」

いつもハキハキしているはずの彼女の妙な歯切れの悪さが気になったが、仕事だと言われたらそれまでだ。昨日思いきり雪遊びをしてもらった手前、突然仕事が入ったことに不満を漏らすつもりはない。

しかし、いろいろなことに引っかかりを覚える。

「はい、姫。できましたよ」

「え、もう？」

ドレスの着付けを習得したとはいえ、フィルは正直あまり手先が器用ではない。そのため、いつもなら彼女の納得がいくまで何度かやり直しを経てから支度を完了するのに、あっさり終わったと伝えられて驚いてしまった。しかも、今日身につけているのは彼女が苦手とするリボンをたくさん結ぶ意匠だったのに。

「はい、終わりましたが……？」

どこかおかしなところはないかとじっとフィルを見つめると、なぜだか彼女は気まずそうに目を泳がせた。その様子で、リアーネは気づいてしまった。

「ちょっと待って……あなた、フィルではなくてティムね？　どうしたっていうの？　メイドの格好なんかして」

「あ……やはりバレてしまいますよね……フィルには、姫の目を誤魔化《ごまか》すのは絶対無理だって言ったのに」

正体を看破すると、ティムは恥ずかしそうに頭を抱えた。いくらフィルと双子とはいえ、女装をするのには抵抗があったのだろう。フィルの男装は堂に入っているが、対してティムの女装はまだためらいが感じられてしまう。何より、いくら上手に変装しても得意不得意の部分の誤魔化しは難しい。

「それで、どうしてフィルのふりなんかしているの？」

「あいつ、体調不良で、姫に心配かけたくないから自分のふりをしてくれって」

「それにしても、別のメイドを寄越《よこ》すこともできたでしょう？」

「それが……他にも体調不良者が何人も出ていて、姫に安心してつけられるメイドがいなくて」

「他にも体調不良者が……？」

ティムの報告を聞いて、胸がザワついた。ずっと心の奥底で不安に思っていたことが、ここにきて突然形を成したような感覚だ。

「もしかして、シルヴェストル様も体調が悪いの？」

「そうです。ただ、主君は体が痛いだけだから少し休めば大丈夫なはずだとおっしゃっていて、まだ寝ついてはいらっしゃらないようですが……フィルに、主君のことも姫には言わないようにと口止めされていたので」

「すぐに彼の部屋まで案内して！」

嫌な予感がただの予感であってくれたらいいと、リアーネは祈るように思う。彼の無事を確かめるためには、実際に彼の姿を見るほかない。

「フィルの体調不良はいつから？」

「確か一昨日から。一昨日は、ただやたらと寒がって頭が痛いと言っていたから、風邪のひきはじめかなと思っていたのですが」

「他の使用人たちも？」

「そうですね……体が痛いと訴える者も多くいたように思います。鼻水や喉の痛みもあるようなので、よくある風邪かと」

シルヴェストルの部屋に向かって廊下を移動しながら、リアーネはひとつの予想を立てていた。おそらく、ひどい風邪が城に蔓延《まんえん》しているのは間違いない。そして、その風邪は医療や科学が発展したリアーネの前世でも多くの死者を出した、あの恐ろしい流行《はや》り病ではないかと。

「シルヴェストル様、失礼いたします」

シルヴェストルの部屋に到着した。ノックをするも返答がなく、仕方なくリアーネはひと声かけてドアを開ける。

始めて来る彼の部屋だ。広くはあるが調度品の少ないすっきりとしたその部屋の隅の寝台の上で、彼はあきらかに苦しそうにしていた。

「……リアーネか。すまない。風邪をひいてしまったらしい。少し寝ていればよくなるかと思ったのだが、どうにも……」

「無理に起き上がらないでください！　……ひどい熱だわ」

リアーネが部屋にやってきたのに気づくと、シルヴェストルは安心させようと無理に笑みを浮かべて起き上がろうとした。それをやんわり止めて額に手を当てると、かなり熱い。

フィルを始めとした何人にも同じような症状が出ているのだとすると、やはり自分の予想が正しいのかもしれないとリアーネは思った。

（季節柄、インフルエンザの可能性が高い。そして、この時代に特効薬がないことを考えたら、インフルエンザは十分、人の命を奪う病だわ……！）

まさか、こんな形で筋書き通りになるとは思わず、今後の展開を考えて恐ろしくなった。

彼に見初められ、こうしてラウベルグにやってきたことで己の死の運命を回避できたと思っていたが、どうやら違ったらしい。そして、彼の運命もまだ筋書きからは外れられていないようだ。

（私もここで倒れたら、さっと筋書き通りになってしまう。でも……助けられるのもきっと私しかいない）

少しの間逡巡《しゅんじゅん》して、リアーネは決めた。自分の命のことだけを考えるならば、安全な場所に避難するのがいいだろう。しかし、目の前で苦しんでいるシルヴェストルを見捨てることはできないし、フィルを始めとした症状が出ている他の人たちも同じだ。

おそらく、ここで食い止めなければシルヴェストルどころか、この国の多くの人が亡くなるだろう。そうなったところにノアエルメから攻め込まれれば、本当に物語の筋書き通りになってしまう。

「ティムにお願いがあるの。国王陛下にお会いしたいの。これからのことについてお話しして、自由に動くだけの許可がほしいの」

「わかりました」

ティムはすぐさま頷いて、部屋から駆け出していった。残されたリアーネは、改めてシルヴェストルに向き合う。

「シルヴェストル様、この病に勝つためには、水分と栄養をできるだけ摂って、たくさん休むことが大切です。熱が数日続くかもしれませんが、それさえ過ぎれば、少しずつ良くなっていきますからね」

手を握って声をかけると、彼は精一杯力強く頷いてくれた。負けない気持ちがあるならきっと大丈夫だろうと、水を飲ませたり汗を拭ったりという最低限のことをして待つ。

(陛下にお会いしたら、状況の説明をしなくては。私なんかが何かを考えるより、早く正確に指示を広めることができるはずだし)

リアーネが考えているのは、これからどう動くかだ。ひとりで走り回っても仕方がないから、たくさんの人の力が必要だ。そして、大勢を動かすには立場が必要で、今の自分にはそれが不足しているとわかっている。

だから、まず国王陛下に事態の説明をするべきなのだ。

「姫、陛下が執務室でお待ちです」

「わかったわ、ありがとう。シルヴェストル様、また後ほど」

シルヴェストルに声をかけると、彼は弱々しく応じた。その姿を見て離れがたくなったが、今は一刻を争うのだ。

強い意志で彼の部屋を出て、執務室へ向かう。そこにはたくさんの人が集められていた。

「陛下、お目通り感謝いたします」

「リアーネ、話があるのだろう？　前置きは構わん。聞かせてくれ」

「はい……」

口上を述べてから本題にと思っていたのだが、国王もおおよその事態の把握は済んでいるのだろう。それならば話は早いと、頭の中で伝えるべきことを瞬時に整理する。

「数日前から、城内でたちの悪い風邪が流行《はや》っているようです。今朝からシルヴェストル様も寝ついておりまして、ひどい熱が出ている状況です」

「季節柄体調を崩す者が多く出る時季ではあるが、シルヴェストルもか」

「はい。そして、この風邪はただの風邪ではなく、蔓延《まんえん》すれば多くの人が死ぬ病ではないかと私は考えているのです。そのため、対策を講じる必要があるかと」

シルヴェストルが寝ついていると知ると、室内にいた面々に動揺が走った。やはり、彼が病に伏すのは珍しいことなのだ。それがわかって、リアーネの焦りは強まる。

「わしはこの城で侍医をしておる者ですが、妃殿下はなぜこの流行り風邪が普通の風邪ではないと思うのですか？」

老齢の男性がリアーネの前に進み出て、尋ねた。その眼光の鋭さに一瞬たじろいだが、ここで口を噤《つぐ》むわけにはいかない。

しかし、何と説明したらいいか難しかった。

大勢の人を動かすのには根拠がいる。しかし、その根拠が〝前世の記憶〟などでは、到底人を動かすことはできないだろう。だから、何と伝えたらいいか悩んだ。

せっかく国王陛下にお目通りが叶《かな》ったのに、ここにはたくさん人が集められているのに、説明の仕方を間違えるだけで一瞬でだめになってしまう。それだけは避けたかった。

「……おぼろげな記憶で大変心苦しいのですが、以前読んだ本の中でこのような症状の病により大勢の人が亡くなったという記述があったのです。わたくし、子供のときより体があまり丈夫ではなかったので、救いの道を求めて様々な本を読んできたので……」

苦しい説明ではあったが、どうにか知恵を振り絞ってみた。執務室に集まっている人々を説得できるか否かは、おそらくこの侍医とのやりとりにかかっている。

「なるほど……妃殿下は確かに、様々な知識をお持ちのようですからね。最近貴婦人たちの間で流行っている健康と美容のための歩行や体操というのも、実に的を射ていると感心していたのですよ。どこかの本で読んだというのなら、そうなのでしょうな」

白く太い眉の下の目が鋭く自分を見つめているのを感じて、リアーネはドキドキした。人を欺くための嘘《うそ》ではないが、やはり心苦しいのに変わりはない。その罪悪感を見抜かれたらどうしようかと、努めて毅《き》然《ぜん》としてみせたが、内心では冷や汗をかいていた。

「実はわしもまだ幼い時分、寒い冬に恐ろしい病が流行って人が大勢亡くなっているのを見ている。老人たちの話では、何十年かおきに普通の風邪とは異なる病によって、寒いときに人が死ぬんだそうだ。たぶん、それなのでしょうな」

侍医がそう語ったことで、執務室に集まっている人々に事態の深刻さは伝わったようだ。国王も、悩ましげな顔をしている。

「陛下、感染を拡大しないことと、すでに病に倒れてしまった人たちを助けるために、対策を講じたいと思うのです」

「そうだな。まずは城下へもこのことを周知しよう。……気をつけるべきことはあるか？」

国王は、リアーネの話を信じる気になってくれたらしい。

そこからは、話が早かった。

「城内でも城下でも、うがいと手洗いを徹底させてください。それから換気と室内の湿度を高く保つことも。乾燥すると病と戦う力が弱まりますし、清潔でないと病にかかりますくなります」

「わかった。すぐに伝えさせよう」

「それから病にかかった人たちはなるべく集めて、元気な人たちで看病したいと思います」

「それならば、城内も部屋の確保をすることと、城下へは教会や病院の協力も仰ごう」

「お願いします」

事態の深刻さとリアーネの言葉が受け入れられたことで、あとのことは国王とその側近たちによって動いていった。

国王の指示を聞いた人々は、素早く行動に移っていく。自分の頭で人員の確保や配置を考えなくてはいけないと思っていたから、ほっとしつつも拍子抜けしてしまった。

「妃殿下、腑抜けとる場合ではないぞ」

いきなり手持ち無沙汰になってしまったリアーネに、老侍医が声をかける。聞き慣れない呼びかけに戸惑うが、それが自分を指す言葉だというのはわかる。

「あ……私はまだ、妃ではありませんが」

「その覚悟はあるからここに立っとるのだろう。それに今はそんな細かなことを気にしとる場合ではない。わしはまだ指示をもらっとらんからな」

「そうでした……」

国王が指示をするのは、あくまで人員配置と情報伝達についてだ。それも必要なことではあるが、肝心の看病についての話がまだできてはいない。というよりも、その余裕はないのだろう。

それならば、リアーネが考えるしかない。

「先生から指示をいただいてもいいでしょうか。診察をしてもらいながら、看病人への指示をお願いしたいのです」

「わかった。それならば、まずは人を集めねばの」

リアーネの言葉に頷くと、老侍医はそばに控えていた助手と思《おぼ》しき青年に、指示を出した。青年が執務室から出ていくと、老侍医は再びリアーネに向き直る。

「他にも何かあるのだろう？」

言いたいことがあると察した侍医に問われ、リアーネは頷く。だが、国全体の問題に私情を挟むことをためらっていた。

「診てもらいたい方がいるのですが、その方ばかりを優先してほしいという意味ではなく……」

「シルヴェストル殿下だろう？　別に、自分の夫を優先してほしいと思うのは悪くはないさ」

「……ありがとうございます」

リアーネは頭を下げ、彼らをシルヴェストルの部屋へと案内する。

いつもはしんとした廊下に今はあちこちで人の行き交う気配がして、たくさんの人が動き回っているのがわかる。シルヴェストルを侍医に見せたら、自分もあの慌ただしさの中に戻らなければと、リアーネは気を引き締める。

「シルヴェストル様、入りますね」

返事がないのはわかっているが、念のためノックと声かけをして部屋に入った。彼は相変わらず寝台の上で苦しそうにしている。

しかも、心なしか先ほど訪ねたときより状態は悪そうだ。

「こりゃいかんな。ちびの頃から殿下のことは診ておるが、他のご兄弟とは違い、基本は病知らずの方だ。こんなに熱を出したのは初めて見たぞ」

リアーネが状態を説明するより早く、老侍医はシルヴェストルの異変に気がついた様子だ。首筋と手首で脈を取り、呼吸を確かめ、状態を詳しく見ている。

「体力のある方だからこの高熱に耐えきれれば問題はないかと思うが……これまで熱を出した経験があまりない方だからな」

「熱を出した経験がないと、何か問題があるのでしょうか……？」

侍医の口ぶりが気になり、リアーネは不安になる。丈夫なのはいいことのように思えるのだが。

「問題があるというより、本人が苦しかろうて。経験したことがないというのは、乗り越え方もこれから覚えなければならんということだ。知らんことに立ち向かうのは難しく、それは体の機能にも言えるということだな。殿下は、初めての高熱に耐えねばならん。しかも、この病は数日間高熱が続くからつらかろう」

「……気の毒だわ」

苦しげに息を吐くシルヴェストルの額の汗を拭いてやり、リアーネは心底彼が気の毒になった。子供のときから順当に様々な風邪や病気についての経験を積んでいる人と比べたら、突然こんな高熱が出たらつらさが違うだろう。

「先生、解熱剤を処方していただくことはできますか？」

「そうだな。手配しよう。熱が続けば頭がやられてしまうからな。しかし、熱は体が病と戦っている証拠だから、使いどころが難しい……病に打ち勝つ前に熱を下げて、肺を患うこともあるからな」

老侍医が脳症と肺炎について心配しているのをリアーネも理解できた。特効薬がない以上、対症療法しかできないのが歯痒《はがゆ》い。

少し悩んだあと、老侍医が若い侍医に命じて薬を取りに行かせ、それをどうにかシルヴェストルに飲ませることができた。あとは、薬が効くのを待つしかない。

「他の人たちにも適宜必要な薬を与えて様子を見るとするか。わしらも休みながら診て回るので、妃殿下もどうか無理せずにな」

「ありがとうございます」

侍医が部屋を出たあと、リアーネは再び寝台の上のシルヴェストルに向き直る。してやれることは特にないが、すぐには離れがたかった。

汗を拭い、手を握り、どうか無事でと祈ることしかできない。それでも、病に苦しむ彼をひとり残して部屋を去ることがなかなかできなくて、結局しばらく動けずにいた。

「シルヴェストル様、そろそろ行きますね。また用事が片付いたら参りますので」

そう声をかけて、リアーネはどうにか部屋を出た。後ろ髪引かれる思いだが、リアーネは全体を把握できる立場にいなくてはならない。城内の現状を把握して次の指示を考えたら、市井についての報告も上がってくるだろうから、そちらについても考えなくてはならない。

（シルヴェストル様も、他の人たちも、絶対に私が死なせないわ）

気合いを入れ直し、リアーネは再び部屋を出る。

そこからは、怒濤《どとう》の忙しさだった。

老侍医に指示され、各部屋の病人と看病人のリストを作った。熱の推移と解熱剤処方の有無を記録し、看病人がきちんと休めるよう交代表で管理する。

元気なティムがリアーネの手足となって走り回ってくれているが、彼も休ませねばならなかった。ウォーキングの会で一緒に歩いているご婦人たちが手伝いを申し出てくれたから、彼女たちに任せている間、細切れで仮眠を取った。

そんな日々が、三日ほど続いた。

だが、体は疲れているのになかなか休めなかった。眠ると張りつめた緊張の糸が切れてしまいそうで、それが怖かったのだ。

今、この国全体が危機に向き合っているが、リアーネの心を占めているのはひとつのことだ。

「姫、起きてください」

ためらいがちなティムに揺り動かされ、リアーネは長椅子から慌てて体を起こした。眠りすぎてしまったのかと思ったが、どうやら違うらしい。

「ティム、どうしたの？」

「侍医の先生が、姫を呼んでくるようにと。主君の部屋です」

「……わかったわ」

すぐにシルヴェストルに何かあったのだと理解して、リアーネは駆け出した。

彼は熱があまりにも高かったため、病人が集まる部屋には移動できなかったのだ。何より、王子と同室では病人だとしても気が引けるだろうから、おそらく集めることにはならなかっただろうが。

「妃殿下、来なさったか」

「先生、シルヴェストル様は？」

彼の部屋に入るとすぐ、侍医が気づいた。彼が傍らについている寝台の上を見ると、相変わらずシルヴェストルが苦しそうにしていた。

「予想はしとったが、殿下はあまり薬が効かん体質らしくてな。見ての通り、解熱剤もあまり効いとらん。薬を飲ませた他の病人たちは、順調に熱を下げておるがな」

「そんな……」

解熱剤が効きさえすれば元気になってくれると思っていただけに、その希望がなくなったことでどうしたらいいかわからなくなってしまった。

「出したのはかなり強い薬じゃから、日に何度もは飲ませられん。次に飲ませるのは早くて翌朝じゃな。それまで何とか耐えてもらうしかない」

「……わかりました」

水を飲ませて汗を拭ってそれから……と、リアーネは必死に頭を回す。しかし、そのどれもうまくいかなかった。

頭をよぎるのは、最悪の事態だ。このまま熱が続けば、いくら体力のあるシルヴェストルでも無理かもしれないと。

何より、これが運命だとしたら、果たして彼は、自分たちは、逃げ切れるのだろうかと思ってしまうのだ。

「妃殿下、いろいろ悪い方向に考えてしまうのだろうが、そんな余裕はないぞ。たぶんだが、このあと下がる前に一度、さらに熱が上がる。そんときにもしかしたら、ひきつけを起こすかもしれん」

「ひきつけ……痙攣《けいれん》のことですね」

悲観するリアーネに、老侍医が憐《あわ》れむように言う。

熱性痙攣については聞いたことがあったが、それを起こすのは小さな子供だけだと思っていた。だから、まさかと思って怖くなる。

「なに、しばらく見守っておったら回復する。もしひきつけを起こしたら、体をどこかにぶつけて怪我《けが》をせんように気をつけることと、唾液やら何やらで咽《むせ》んように体を横向きにしてやるんだな。ただ、知らなければ恐ろしいだろうと忠告しただけだ」

「ありがとうございます」

「おそらく、あと少しの辛抱だ。今夜くらい、夫のそばについておっても誰も咎めんだろうて」

励ますように、老侍医はリアーネの肩を叩いて部屋を出て行った。

本来ならリアーネも持ち場に戻るべきなのだろうが、彼のお言葉に甘えさせてもらう。

一番に回復してもいいと思うくらい体力があるはずのシルヴェストルが、今もこうして熱に苦しんでいるのだ。心配でたまらない。彼のことがこんなに心配な状態で、他の人の看病が務まるとは思えなかった。

「シルヴェストル様、頑張ってください。病になんか負けないで」

リアーネは寝台のそばの椅子に腰を下ろし、シルヴェストルの手を握った。その手は熱く汗ばんでいるが、同時にかさついているようにも感じられた。

彼の体が病に打ち勝とうと、その命を燃やしているからだろう。

この三日、城下でも城内でも次々と感染の報告を受けてはいるが、初期に対策を取れたのがよかったのか、まだひどい話は聞こえてこない。

侍医の話では、これまでひどい病が巷《ちまた》で流行っても祈るしかできなかった人たちに、対策を講じる有用性を示せたのがよかったらしい。

手洗いとうがい、それから湿度を保つということで、爆発的な感染は抑えられているようだ。

しかし依然として、かかってしまった人たちの回復は、本人たちの体力にかけるしかないのがもどかしい。

「……シルヴェストル様？」

まんじりともせず深夜を迎えると、突然彼の体がぴくりと動いたのを感じた。目覚めるのかと構えたが、どうやら違うとすぐにわかる。

「あ……いけない！」

彼の体は震えていた。すぐに気づいて、リアーネは力を振り絞って彼の体を横にする。仰向《あおむ》けのままでは危険だと、侍医に言われていたから。

どうにか横を向かせたあとも、彼の体は痙攣していた。震えた拍子にどこかにぶつけてはいけないと、リアーネはその体を抱きしめる。

（お願い……神様がいるのなら、私からこの人を奪わないで。私たちの命は、物語の主役たちに影響を与えるためにあるわけではないのよ）

リアーネは、必死で祈った。祈りだが、怒りでもあった。

もし物語の通りに事を運ばせようとする存在がいるのだとしたら、そんなものは許さないぞと。

カースティンとプリシアの物語に、確かに自分は不要だっただろう。だから退場してやった。それだけで十分ではないか。

悪役としてリアーネが死ぬ必要はないし、ましてや彼らの恋を盛り上げるためにラウベルグにノアエルメが攻め込んでくる展開なんていらない。その展開のためにシルヴェストルが死ななければいけないなんて許せない。

これまでぼんやりと恐れていたものを、今は明確に憎んでいた。許さないし、認めるわけにもいかない。

「嫌よ！　奪わせないわ！　私はシルヴェストル様と長生きをして子供をたくさん作って、幸せに長生きするのよ……！」

死の運命を、それを司《つかさど》る神を威嚇するように、リアーネは声に出していった。

永遠にも思える長い時間が過ぎ、ようやくシルヴェストルの痙攣は収まった。そして、また苦しげではあるが呼吸が静かになり、眠っているのが確認できた。

何となく、もう大丈夫な気がして、リアーネは彼のそばに少し体を預けて眠った。そして夢うつつの中で、燃えそうに熱い彼の体が、徐々に普通の体温に戻っていくのを感じていた。

どのくらい眠っただろうか。

リアーネは、頭に何かが触れる感触で目覚めた。髪を撫でられていると気づいて目を開けると、疲れ果てた顔でシルヴェストルがこちらを見つめていた。

「シルヴェストル様！　……よかった。もう熱は下がったのですね」

彼の額に触れてみると、リアーネの体温とあまり変わらないくらいにまで落ち着いていた。疲れ果てた顔はしているものの、もう心配はなさそうだ。

「リアーネがそばについていてくれたおかげだ。ありがとう」

「私は何も……」

「君がそばで汗を拭いてくれたり水を飲ませてくれたりしたのは覚えている。君がいなければ、苦しくて心細くて仕方がなかっただろう」

穏やかに目を細めて、シルヴェストルはリアーネを撫でていた。その乾いた手の感触を愛しく思い、気がつくとリアーネは涙を流していた。

「あなたを失いたくなくて、怖かった」

「すまなかった。おいで」

ゆっくりと寝台に体を起こすと、彼はそう言って両腕を広げた。ためらうことなくその腕に飛び込み、リアーネも抱きしめ返す。

「君を残して逝くものか。私と子供をたくさん作るのだろう？」

「……っ」

耳元で息を吹き込むように囁《ささや》かれ、リアーネは瞬時に頬も体も熱くなるのを感じた。運命を跳ね除《の》けてやるという気概を表に出すために声にしたものが、彼の耳にも届いていたらしい。

恥ずかしくて照れてしまうが、その言葉に嘘偽《うそ》りはない。

「体調が回復したら、たくさん可愛がってやる。リアーネ、君は私の愛しい鞘《さや》だ」

「はい、シルヴェストル様」

彼がこうして言葉を交わせるまでに回復したのが嬉しくて、しばらくリアーネは離れられずにいた。だが、それも人が呼びに来るまでのこと。

まだまだ看病しなければいけない人はたくさんいる。この国が平常を取り戻すまで、リアーネはティムや侍医たちの手を借りながら奔走したのだった。

第五章

発熱が落ち着いてからも、シルヴェストルが本調子を取り戻すまでは十日ほどかかった。

リアーネが予想していたように、やはりこの病は高熱が引いてからも咳《せき》などの症状が残るため、引き続き隔離が必要だった。

体が元気になると動きたくなるのが人というもので、シルヴェストルは仕事に戻りたがったしリアーネを手伝いたがったが、侍医とティムに止められていた。

リアーネが仕事をしているのを、彼は時折寂しそうに恨めしそうに見に来ていたが、そのたびにティムに部屋へ連れ戻され、プチプチと小言をもらっていたようだった。だからリアーネは仕方なく、「先生に治ったとお墨付きをいただけたら、部屋にいらしてください」と伝えたのだ。

それはつまり、リアーネからの夜のお誘いだ。その言葉を聞いて彼はたちまち嬉しそうにし、それからは隔離部屋から抜け出すこともなかったようだった。

感染はやはりまだ続いてはいるものの、手洗いとうがいの徹底や看病体制により、大きく拡大することなく済んでいる。

そのため、最初の数日間は気を張って遮二無二働いていたリアーネも、少しずつ元の日常を取り戻しつつあった。日中の忙しさはあるものの、夜は部屋に帰って休めている。

だから、そのうちにシルヴェストルが訪ねてくるだろうかと、そわそわして待つこともあった。

とはいえ、侍医からお墨付きをもらうまで一緒に過ごすのを断ったのは自分だ。彼から来るまで待つしかなく、何事もなく日々は過ぎていった。

そんなある夜。

眠っていたリアーネは、夢を見ていた。

夢の中、シルヴェストルに可愛がられている。彼が猛る自身を蜜口に押しつけて、音を響かせながら擦るのだ。

先端は時折、花芽をも擦る。それが気持ちよくて腰が揺れてしまうが、同時にもどかしさも感じてしまう。

リアーネが触れてほしいのは、もっと奥だ。彼のもので押し広げられるようにされながら、弱い部分をうんと刺激してほしい。

それなのに彼は、擦りつけるばかりで入ってこない。刺激され、リアーネの性感は高まるばかりなのに、彼はそれを一向に慰めようとはしてくれないのだ。

「んっ、あ……」

自ら迎え入れようとねだるように腰を揺らすと、先ほどまでの愛撫《あいぶ》が止《や》んだ。

それによって、この感覚が夢ではないと気づかされる。

「ん……？」

「あ、起きてしまったか」

「シルヴェストル様……？」

目を開けると、自分に覆いかぶさるシルヴェストルの姿を見つけた。彼はリアーネの両脚を開かせ、その中心を愛撫していたのだ。

目覚めたリアーネと目が合うといたずらっぽく笑ったが、その手を止める様子はない。

「あまりにも愛らしく眠っているものだったから、このまま食べてしまおうかと思っていた」

「あっ、ぁあっ」

「眠っていても体は素直で、もうこんなに蜜に濡《ぬ》れてしまっているからな」

「んうっ」

彼は微笑《ほほえ》みながら、リアーネの秘処を刺激し続けた。割れ目をなぞり、花芽を強く擦り、溢《あふ》れてきた蜜を音を立てながらかき回す。

目覚めるまでの間も、体はこうして快感を与えられ、高められていたのだ。

「眠ったままのリアーネを抱くのも良いものだろうと思っていたが、やはり目覚めた君は可愛いな」

「あっ、や、あぁっ……」

彼の親指が、花芽を強く押し潰した。荒々しいその指の感覚に、リアーネの腰は跳ねる。円を描くように親指を動かされると、そこからジンジンと甘い痺《しび》れが広がる。その下の秘裂が、もの欲しそうに蜜をこぼす。

「く、あっ、んん……」

「狭いな……早くこの柔肉に締めつけられたい」

シルヴェストルは花芽を擦り続けながら、リアーネの蜜口に指を突き立てる。ゆっくり、着実に指を奥へと進められると、気持ちよさにさらに腰が揺れた。

彼の指はすぐさまリアーネの好《い》い部分を探り当てると、そこを重点的に刺激する。外側と内側から挟み込むように、花芽を押さえつけながら指を抜き挿しされると、たちまち快楽の階《きざはし》をかけ上らされる。

「ん、あぁぁっ……！」

腰を大きく跳ねさせ、リアーネは達した。強烈な快感が全身を駆けめぐっていく。

「……何と愛らしいのだろう」

呼吸を乱し、体の力が抜けてしまってくったりしているリアーネを、シルヴェストルが目を細めて見ていた。その表情は優しげだが、瞳の奥に宿るのは獣の情欲だ。

愛しい妻となる女性との触れ合いを十日以上も禁じられていたため、その欲は底なしのようだ。今にも暴発しそうなほど、張りつめてしまっている。

「本当は今すぐにでも突き入れたいのだが、大事なリアーネを傷つけたくはないからな。もう少し準備をさせてくれ」

「ひっ……あぁっ」

大きく開かせた脚の間に顔を埋めると、シルヴェストルは今度は可憐《かれん》な花弁に舌を伸ばした。蜜で濡れそぼつ花弁の中心を、さらに濡らそうとするかのように舐《な》め回す。

舌先を素早く動かされると、リアーネはたまらなかった。

「あ、あぁぁっ……！」

強烈な快感に、激しくその身を震わせる。彼の舌はまるで意思を持った生き物みたいに、リアーネの敏感な部分を攻め立てる。

そっと触れられるだけでも気持ちがいいのに、そんなふうに素早く弄《いじ》られるのは、信じられないほどの快感を生む。

だが、花弁をそうして刺激されればされるほど、物足りなさが浮き彫りになる。

「ちゃんと中も舐めてやるから安心なさい」

「んんっ、だめっ！　あぁっ」

リアーネのもどかしさにきづいたのか、彼は秘裂を左右に開かせると、先ほど指で可愛がった蜜口の奥へと舌を滑らせた。敏感な肉襞を舌で愛撫され、リアーネはまた快感に腰を揺らす。

その反応に気を良くしたのか、彼はわざと音を立てて蜜を啜《すす》った。そしてまた、舌で花弁とその先の蜜壺を愛撫する。

リアーネの秘処は、唾液とも蜜とも判別ができぬもので濡れていた。そして指と舌で愛撫された蜜口は、もの欲しそうにひくついている。

刺激され、一度達したリアーネの体は、さらなる快感を求めている。その証拠に下腹部は、切なくキュンと疼《うず》いている。

「シルヴェストルさまっ……もう……」

まだ舌での愛撫を続けるシルヴェストルを、リアーネは甘えた声で呼ぶ。

我慢したのは、彼だけではないのだ。この十日あまり、リアーネも触れられたいと思っていた。

「こらえられないのは、君も同じということか……ミルトエンデを出立してラウベルグに向かう二十日以上我慢できたというのに、たった十日でこんなにも抑えが利かなくなるとはな」

秘処から顔を上げた彼は、眉根を寄せて困ったように笑っていた。だが、彼が先に進むのをためらっているのではないのはわかる。

「我慢したぶん、いつもより負担をかけてしまいそうで、念入りに準備をせねばと思っていたのだが……」

言いながら、彼は身につけていたガウンを取り去った。あらわになった肉体は、惚《ほ》れ惚《ぼ》れするほど美しい。

だが、その中心で屹立《きつりつ》するものは、これまで見てきたものより凶悪な様子だった。腹につくほどそそり立つ、浅黒い怒張。その表面には血管が浮き立ち、見慣れた姿よりさらに太く逞《たくま》しくかった。

常の状態でも、リアーネの体には十分立派すぎるのだ。それなのに、今夜の彼のものはより一層雄々しい。

入るだろうか、という不安を抱くと同時に、リアーネの体は期待に震えていた。

あの猛る肉塊で奥の奥まで貫かれたらどんな心地がするだろうかと、想像するだけで疼いてしまう。

「君のもとへ来る前に欲を解き放って来るべきかと思ったが……私のすべてを受け止めてもらいたくてな」

「私も……シルヴェストル様に触れられたかったです」

リアーネが恥じらいつつ微笑むと、彼はほっとしたような表情になった。おそらく、リアーネが怖がるなら無理に行為に至ろうとはしなかったのだろう。もしくは、もう少し時間をかけてリアーネの心と体をなだめてくれるつもりだったのか。

どちらにせよ、そのような気遣いは無用だ。リアーネも、彼に触れられたくてたまらないし、ここで終わりになったら、一晩中熱を持て余してしまうだろう。

だから、すぐにでも触れられたかった。

その思いを伝えたくて、リアーネも彼に倣って身につけていたものを脱ぎ捨てる。それを見て、彼が息を呑《の》むのが伝わった。

「……性急な私を許してくれ。こんなに魅力的な君を前にして、自分を抑えることはできはしない」

シルヴェストルは荒々しくリアーネに覆いかぶさると、すぐさま花弁の中心に狙いを定めた。

「あ、ぁあっ……！」

ぬち……と粘度の高い湿った音を立て、肉槍の先端がリアーネの花弁の中心に突き立てられる。ぬかるんだそこは、すぐに彼のものを受け入れていく。だが、これまでより逞しさが増しているそれは、リアーネを内側から容赦なく押し広げる。

「くっ……狭い、な。こんなにも私のものを食い締めて……恋しがってくれていたのだな」

「ん、あ、あぁっ、あっ」

まずはごく浅いところを、彼は擦ってきた。先ほど指でも愛撫された、リアーネの弱い部分だ。

先端をそこへ押しつけるように何度も擦られると、リアーネは再び頂へと高められる。

「あっ……！」

蜜口をわななかせ、肉槍を締めつけながら達した。あまりの快感に、飛沫が迸《ほとばし》る。

「何て締めつけだっ……一度果てよう」

「んあぁっ」

蜜壺の締めつけに、シルヴェストルは溜《た》め息《いき》をついた。我慢に我慢を重ねていたからか、耐えるのが難しかったらしい。眉根を寄せ、涼し気な美貌を快楽に歪《ゆが》めながら激しく腰を振る。

その容赦のない抜き挿しに、リアーネはなすすべなく体を揺さぶられ続ける。大きく引き抜き、一気に奥まで貫くという動きに、下腹部から脳天まで勢い良く快感が走っていく。

繰り返し短く上がる悲鳴には、媚《こ》びるような甘えた声が混じり始めた。「だめ」「やだ」「激しい」と呻《うめ》くように口にするも、彼の腰に両脚を絡めていることから、止めてほしいのではないのは明白だ。

「かわいいな……リアーネ、愛しているんだ」

「ん、く、あ、ふ、んんっ」

感極まったように呟《つぶや》いてから、シルヴェストルは荒々しくリアーネの唇を奪った。溺れさせようとでもいうのか、彼はわざと唾液を多く絡めながら舌でリアーネの小さな口を嬲《なぶ》る。

弱いところを刺激され続けたことと口づけの快感で、リアーネはまた達した。

その直後、彼のものが大きく膨らみ、震えた。大量の欲望が、リアーネの中へと注がれていく。その感覚すら心地よくて、蜜壺は甘えるように蠕動《ぜんどう》する。

「そんな、搾り取るかのように締めつけて……大丈夫、一滴残らず君に注ぐから」

「あっ、奥……ぐりぐりって、しちゃっ……」

リアーネの締めつけに応えるために、シルヴェストルはさらにぐっと奥まで押し込み、先端を擦りつけるかのような動きをする。達したばかりで敏感な体をそうして刺激され、リアーネはたまらず腰を跳ねさせていた。

奥にも、快感を拾う場所がある。初めてを捧《ささ》げたばかりのときはなかったが、繰り返す行為の中で感じるように育てられた場所だ。

リアーネの体は、彼によって淫らに作り変えられているのである。

「堪《こら》え性《しょう》がなくてすまないな。次からは、もっとじっくり可愛がってやれるから」

蜜壺から楔《くさび》を抜き去りながら、シルヴェストルはリアーネを見つめていた。達して脱力

する姿を、獲物を見つめる獣の目で見ている。

その目を見れば、一度果てたくらいでは彼の欲が収まっていないのがわかる。何より、彼の屹立は力を失っておらず、その下の膨らみもはち切れそうで、まだまだすべてを吐き出しきっていない様子だ。

それがわかると、リアーネの内側も再び疼いてくる。

「おいで。今度は君に負担がかからない姿勢で抱いてやろう」

寝台の端に腰を下ろすと、シルヴェストルは自分の膝を示す。そこに座れと言われている意味がわかって、リアーネはドキリとした。

(これって、自分で呑《の》み込《こ》んでみろってことだよね……)

これまで、ずっと受け身で彼に抱かれてきた。だが今、快楽を得るために自ら進んで彼のものを受け入れるよう言われているのだ。

拒むつもりはない。しかし、改めて見ると彼のものはひどく大きくて、それを進んで自分の中に挿れることに恐れをなしていた。

「大丈夫。先ほどまでリアーネは、これを上手に呑み込んでいたのだから」

「……はい」

「たっぷり可愛がってやるから、背を向けて私に座ってごらん」

促され、リアーネは体を起こしておずおずと彼のそばへと寄った。それから言われた通り背を向けて、彼の上に腰を落としていく。

「ん……んんっ……あぁ……」

切っ先を蜜口にあてがうと、少し体重をかけただけでそれは奥へと進んでくる。

彼に挿れられるのではなく、自分で挿れているのだ。だから、ゆっくりゆっくり進めることができる。

だが、自らの意思で呑み込んでいくというのは、彼に貫かれるのとは異なる緊張があった。

どこをどのように擦れば気持ちいいのかを、リアーネはもう知っている。つまり、腰を落とすごとに自分の感じる場所が近づいているのがわかってしまうのだ。

「あっ……く、ぁあ、んっ……」

ごく浅い場所にある、リアーネの好きな場所に先端が当たった。ここを彼の指で擦られるのが好きだ。あまり弄られると、気持ちが良すぎて悦《よろこ》びの雫《しずく》を迸らせてしまうほど感じる場所だ。

そこに肉槍の先端が到達して、リアーネは快感に震える。

「リアーネはそこが好きだな。存分に気持ちよくなるといい。私も、君が気持ちよくなるのを手伝ってやろう」

好いところが擦れるように腰を揺らし始めてしまったリアーネを咎めることなく、シルヴェストルは余裕のある様子で言う。そして、背後から抱きしめるように乳房を抱えると、その大きな手のひらの中でやや手荒に揉《も》みしだく。

「あぁっ……シルヴェストルさま、だめっ、そこ……っ」

「先ほどはこれを可愛がってやるのを忘れていたからな。ほら、たくさん好《よ》くしてやる」

「んっ、あ、ひ、ぁっ……！」

真っ白な二つの豊かな膨らみを形を変えるほど手の中で捏《こ》ねたり、その先端で色づく蕾《つぼみ》を指先で強く摘んだり、彼の愛撫は容赦がない。特に蕾はリアーネが弱いところだから、時折引っ張ったり、爪でカリカリとかぎったりもする。

蜜壺の浅い部分と胸との二つの刺激によって、リアーネの意識はあっけなく頂へと近づいていく。腰の動きが無意識に速まったことと締めつけにより、それはシルヴェストルにも伝わっていた。

だから、頂を極めようとしたその瞬間を見逃さず、彼はリアーネの細い腰を摑《つか》んで、一気に下から突き上げる動きをした。

「いっ……あぁ、ん……！」

達する寸前にいきなり奥まで貫かれ、リアーネはひと際激しく快楽を得た。

頭が真っ白になり、瞼《まぶた》の裏に星が瞬くような心地がする。全身を痺れるような快感が駆け巡り、蜜壺が震える。彼のものを搾り取ろうとでもいうように、強く強く締めつける。

「そんなに食い締めて……何て可愛いんだ」

「……んっ！」

手放しかけた意識を、再びの下からの突き上げによって引き戻された。リアーネが達したところで、シルヴェストルはまだ果てていないのだ。

「……ごめんなさい、私……気を失って」

「大丈夫だ。何度でもこちらに意識を引き戻してやるから」

「あぁっ、ぁんっ」

彼は根元まで自身を咥《くわ》えこませると、軽く抜き挿しをしてリアーネに快感を与える。三度も達したリアーネは敏感に快感を拾うようになっていて、際限なく気持ちよくなってしまう。

「リアーネ、見てごらん。君の小さなここが大きく口を開けて私のものを根元まで呑み込んでいるよ」

「や、あっ……ぁあっ」

耳元で囁いて、彼は結合部を見るよう促す。促されるままそこに一瞬視線をやるも、あまりの恥ずかしさにリアーネはすぐに視線を逸《そ》らしてしまった。

あれほど大きすぎて恐ろしいと感じていた彼のものを、リアーネの中は受け入れているのだ。蜜と白濁に濡れ、ぬらぬらとした花弁の中心に、凶悪な剛直を呑み込んでいる。その眺めはあまりに淫靡《いんび》で、見るだけで体の奥を疼かせた。

「奥まで貫いた状態でここも可愛がったら、リアーネはどうなってしまうかな？」

耳を食《は》むようにして囁きながら、彼の指は結合部の上で凝った花芽へと伸ばされる。ただでさえ敏感になっているのに、快感を得るためだけに存在しているその部位に触れられれば、たちまち達してしまうのは必至だった。

「あ、だめぇ……きゃっ……！」

短く悲鳴を上げ、リアーネはまた意識を飛ばす。絶頂した証に、結合部からは飛沫を零《こぼ》していた。

その敏感さに、感じる愛らしい声に、シルヴェストルは笑みを浮かべていた。

「そんな可愛い声を出して、これほどまでに締めつけて……優しく抱いてやりたいと思うのに、君を追いつめたくてたまらなくもなるよ」

「ん、あぁっ……シルヴェストルさまぁ……」

可愛い、可愛いと言いながら、シルヴェストルは下から何度も突き上げてくる。そうされると最奥が穿《うが》たれ、リアーネの意識は頂から降りて来られなくなる。

彼のほうも、リアーネを快楽から解放する気はないらしい。胸の蕾や花芽を苛《さいな》む手が緩むことはない。

「だめ、だめぇっ……シルヴェストルさま、やめて……あぁっ」

何度も何度も快楽を極めさせられ、意識を失うたびに強く突き上げられ引き戻される。それを繰り返すうちに、嬌声《きょうせい》の中に涙声が混じるようになっていった。

頭が真っ白になって、脳が焼ききれそうに熱い。気持ちがいいのに苦しいという、相反するものがせめぎ合っている。

日頃はリアーネを蝶《ちょう》のように花のように優しく扱ってくれるシルヴェストルだが、今夜は違った。命の危機は、これほどまでに彼に番を渇望させたのだ。

「そんな可愛い声で啼《な》かれると、よけいに止められなくなるッ……あぁ、リアーネ……君の内側も私を求めているんだね」

「あァッ……！」

ぐりっと最奥にねじ込まれたとき、これまでとは違う快感をリアーネは覚えた。星が瞬くなどという表現では甘い。快感が爆発するような強烈な心地に、思わず逃げ出したくなるほどだった。

だが、それをシルヴェストルがさせてくれるわけがない。彼はその力強い手でリアーネの腰を掴むと、動けなくしてしまった。

「リアーネ、奥に当たっているのがわかるか？　ここは、子宮の入り口だ……君の体が私と子作りしたいと、受け入れる準備をしているんだ」

「や、ひぃっ……だめっ、だめぇ……！」

彼のものが奥に届いているだけでなく、自身の体も変わってきているのだと伝えられ、リアーネは怯えた。

これ以上気持ちよくなったらきっと壊れてしまうのに、体がそれを望んでいるのが怖い。優しいシルヴェストルが、こんなにも執拗《しつよう》に快楽を与えてこようとするのが恐ろしい。

日頃から体を鍛えている彼が閨《ねや》でも強いことくらい、考えれば簡単にわかったはずなのに。こんなに激しいだなんて思わなかったと、今になって後悔していた。

だが、こんなにも恐ろしいと思うのに、シルヴェストルから離れたいとは思っていなかった。この行為をやめたいとも。

「愛してる、愛しているリアーネ……ああ、我が愛しの鞘ッ……」

彼の息遣いが荒くなってくるのを感じる。腰の動きも激しい。彼の果ても近いのだろう。それがわかると、感じっぱなしのリアーネの中も疼く。注がれたいと、濡れた襞を蠢《うごめ》かせる。

彼の剝《む》き出しの欲望と愛が怖いと思うのに、リアーネもそれを愛しく思ってしまっているのだ。

怖い、でも気持ちがいい。壊れてしまう、壊してほしい。この人のすべてを受け止めたい——そんなことを思いながら、揺さぶられ、媚びるような甘い悲鳴を上げ続ける。

「あ、あぁっ……シルヴェストルさ、まぁっ、あぁんっ！」

「リアーネ……！」

　ひと際激しく快楽を得たその瞬間、リアーネの蜜壺はシルヴェストルのものを締めつけた。その締めつけが最後のきっかけとなり、彼もまた上りつめる。

　ドクンドクンと脈打つのに合わせ、欲望が放出されていく。リアーネはそれを最奥で受け止めながら、また意識を失った。

「すまない。愛しすぎて、激しくしすぎたな。だが、いずれ一晩中の行為にも耐えられるように鍛えてやるからな」

　シルヴェストルは脱力したリアーネの体を抱き下ろし、寝台に横たえながら怖いことを言う。それをうっすら意識を取り戻した中で聞いたリアーネは、恐ろしいと思うのに疼いてしまうのを止められなかった。

「……一晩中抱かれたら、次の日は歩けなくなってしまいます」

「それなら、ずっと寝台にいるといい。何から何まで、世話をしてやろう」

　リアーネの隣に横になったシルヴェストルは言う。これが冗談や比喩ではないのは、もう十分わかっている。

　その証拠に、二度果てても彼のものは今なお、完全には脱力していない。おそらくリアーネが望みさえすれば、三度目の行為も可能なのだろう。

「抱き潰すのは、新婚旅行まで楽しみに取っておくとするか。君はまだしばらく、忙しいようだし」

あきらめたように彼が言うのが申し訳なくて、もう一度くらいならと考えてみたが、城内はまだ平時には戻っていない。足腰立たなくなって動けない姿を晒《さら》すわけにはいかないから、彼の我慢をありがたく受け取っておく。

(新婚旅行で私、抱き潰されてしまうのね……)

危険は一時的に遠のいただけで、去ったわけではない。そのことに不安を覚えつつも、何度も達して疲れ果てていたリアーネは、シルヴェストルに抱きしめられながら眠ってしまった。

まだ寒い日が続くものの、陽射《ひざ》しに少しずつ暖かさを感じられることが増えてきた頃。

王城内はすっかり元の日々を取り戻していた。

リアーネたちが流行り病の看病のために駆け回っていた日々は終わりを告げ、社交のために城内に滞在していた貴族たちも続々と領地へ帰ろうとしていた。

市井からの報告も落ち着いてきて、感染は終息したとみてよさそうだった。

リアーネは自室で教会から届いた手紙を確認し、それについて返事を書いていた。今回のことを後世に伝えるため、城内と市井の両方で記録を残そうということになったのだ。

市井の記録を残す場所として最も有力なのは、教会だろう。その打ち合わせのために何度も手紙のやりとりをしている。

　侍医監修のもと、報告書の取りまとめを進めているが、これがなかなか難しい。専門的すぎてもいけないし、嚙《か》み砕《くだ》きすぎていてもいけない。それこそ、口伝が絶えたあとに読むようなことがあっても概要が伝わるようにしなければならないのだ。

　ここのところリアーネは、そのことにずっと頭を悩ませている。本当の意味で休まる日が来るのは、まだもう少し先のようだ。

「リアーネ、入るぞ」

　ドアをノックされる音で、リアーネは意識を現実世界に引き戻された。

「シルヴェストル様」

「お茶にしないか？　どうせ君のことだから、根を詰めていると思ってな」

　シルヴェストルがお茶の用意が整った盆を手に現れた。時計を見ると、確かにかなりの時間が経《た》っていた。

　これがフィルやティムがお茶を運んできたのであれば、「あとでいただくわ」などと言って後回しにしてしまうだろう。しかし、シルヴェストルが運んできてくれたものは断りにくい。そのあたりを考えて彼に運ばせたのだとわかって、リアーネはペンを置いた。

「いい香りですね。いただきます」

「君が好きだというお茶を用意させたからな」

リアーネが机からテーブルに移動するのを見て、シルヴェストルは安心したように微笑んだ。逞しい体軀《たいく》の彼が、この王妃と王太子妃が用意してくれた愛らしい部屋の中にいるのはなかなかミスマッチな光景だが、それも相まってリアーネの疲れた心を癒やす。

「君の仕事は片づきそうか？」

「そうですね……いずれは。終わりの見えない仕事ではないぶん、気が楽です」

彼に水を向けられ、少し考えてからリアーネは答えた。まだしばらく時間がかかるだろうが、病の流行拡大の中で駆け回った日々と比べれば大変なことではない。あのときほど、神に祈ったことはないだろう。

「それならよかった。そういえば、ミルトエンデへの支援もうまくいきそうだ。あちらは我が国よりも被害が大きいらしいからな」

「……よかった。一応は私の母国ですし、ラウベルグにとっても友好国ですから、何か手助けして差し上げたかったので」

「ああ。大変なときこそ手を取り合わねば」

シルヴェストルからの報告を受けて、リアーネは、心底ほっとした。ラウベルグよりも南に位置し、寒さが厳しくないとはいえ、ミルトエンデは今回の流行り病の被害が大きいと聞いていて心配していたのだ。気候が穏やかなぶん、季節性の病に対する備えも知識もなかったのが厳しかったらしい。

　だから、支援を決めたと聞いて、リアーネは喜んでいたのだ。母国はいろいろあった場所ではあるが、そこで暮らす人々のことまで憎いとは思えなかったから。

「それで、リアーネに大切な報告があるのだが」

「報告、ですか？」

　突然真面目な顔をして言われ、リアーネは身構える。

　そして、お茶に誘ってくれたのはこれが本題だったのかと理解した。

「実は、ミルトエンデの国王から招待を受けている」

「シルヴェストル様がですか？」

「いや、君もだ」

「え……」

　ミルトエンデからシルヴェストルが招待を受けるのはまだ理解できても、自分が招かれる理由がわからない。戻りたいとも思わない場所だったからか、理由がわからない招待に不安な気持ちになる。

「そのように不安そうな顔をしなくていい。今回の功労者が君だと伝えたところ、ミルトエンデの国王がぜひ感謝の意を伝えたいと言ってきたのだ」

「そんな……お礼なんて」

　リアーネの不安が伝わったのか、シルヴェストルはなだめるように頭を撫でてきた。

「大丈夫。私がそばで守るんだ。悪いことも怖いことも起こらない。何より、私としてもずっと懸念していたことがあるから、それを片付けに行く意味合いもある」

「……わかりました」

大好きな笑顔で言われてしまうと、それ以上抵抗できなかった。

そういうわけで、突然ミルトエンデ行きが決定したのだった。

二度と母国の地を踏まないだろうと思っていたのに、わずか数カ月で戻ることになるとは思わなかった。


ラウベルグ固有種のあのパワフルな馬たちにひかれ、リアーネとシルヴェストルは十五日ほどでミルトエンデにたどり着いた。

リアーネにとっては逃げるように出ていった母国だ。国王に招かれたとはいえ、戻ってきたとわかればまた多くの人たちの好奇の目にさらされ、敵意を向けられるのだろうか。

そんなことを心配していたのだが、城に着くとあまりの歓待ぶりに驚くことになる。

だが、何より驚いたのは、呼ばれた謁見の間に思わぬ人物たちがいたことだった。

「リアーネ嬢……いや、王子妃と呼ぶべきなのだろうな。此度《こたび》はそなたに会わせたい人物がいるんだ」

ミルトエンデ国王陛下は、そういってひとりの男性を示す。

その男性は促され、リアーネの前へと進み出た。

「はじめまして、リアーネ殿下。実は、あなたがまだ幼いときに一度、会ったことはあるのだが。私はベンノ・アーベラインだ。アーベライン侯爵家の当主となった」

「あ……」

目の前の男性が誰なのかはわからなかったが、状況は呑み込めた。

彼がアーベライン侯爵家の当主となったということはつまり、リアーネの父は失脚したのだ。

その報告だったのだと理解した。

「先代当主及びその妻と嫡男など、数々の罪を犯したアーベライン家の者はみな処分が下った。そして、遠縁であるこのベンノが継ぐことになったのをリアーネ王子妃にも伝えておかねばと思ってな。そなたが今後あの者たちに悩まされることは決してないと約束しよう」

「……お心遣い、痛み入ります」

一体何が起こったのか、両親や兄にどんな沙汰が下ったのか気になるところではあるが、恐ろしくて聞けなかった。

だが、おそらくシルヴェストルの計らいであることは理解できた。王族である彼ならば、アーベライン家がしたことをミルトエンデ国王の耳に入れることができる。

リアーネの今後の憂いを取り去るために、アーベライン家を片づけてくれたのだろう。

元婚約者であるカースティンと、その恋人であるプリシアが連れて来られているのも、彼の計らいだろう。

今回こうして呼び出されているのは流行り病を鎮めた功労を称《たた》えているだけではないと何となく察していたのだが、まさかの展開にリアーネは驚きを隠せない。

「それでは、次にこの者がしでかしたことについてだな」

国王に促され、カースティンがとぼとぼとリアーネの前に進み出た。

不安そうに目を泳がせ、この期に及んで覚悟が決まらない様子なのがあまりにも子どもじみていて情けない。立派なシルヴェストルを見慣れているぶん、その情けなさが余計に感じられた。

「……大勢の人々の前で、婚約破棄をして恥をかかせてすまなかった。婚約を破棄する場合、本来であれば家同士の話し合いを経るべきであったと、理解できていなかったんだ」

そう言ってから、カースティンはちらりとプリシアを見た。

モソモソとしゃべって、不安そうに恋人の顔をうかがうなんて一人前の男がする振る舞いではないなと、リアーネは呆《あき》れるよりいっそ哀れに思った。

「私は、謝りませんから！」

次はプリシアの番だろうかと視線を向けると、彼女の強い眼差《まなざ》しとぶつかる。

その目は、〝負けるものか〟と言っていた。

「私は、ただカースティン様のことを愛しただけです。確かにリアーネ様は婚約者でしたが、別にカースティン様のことを愛してはいなかったでしょう？　だから、私はあなたに謝る理由などありませんから」

そう言って、プリシアは啖呵《たんか》を切った。

国王陛下の御前だというのに、そんなことはお構いなしだ。

無礼極まりないし、何よりここへ呼ばれた意図に反する発言だろう。

その証拠に、周囲がざわめいている。カースティンは、不安で震えている始末だ。

だが、いっそ清々《すがすが》しいほどのまっすぐさに、リアーネは何だか面白くなってきてしまった。

何より、彼女が本当にカースティンのことを好きなのだとわかる。彼にではなく自分にヘイトを向けさせるためにそのような振る舞いをしているのかもしれない。そう思うと、そのいじらしさが可愛く感じられる。

それでこそヒロインだと、リアーネはほっとするような気持ちで彼女を見つめた。

前世、この世界によく似た少女漫画『白百合《しらゆり》は公爵に手折られる』を読んだときから、リアーネは主人公であるプリシアのまっすぐさが好きだったのを思い出す。

「プリシア嬢は、本当にカースティン様のことが好きなのね」

「……そ、そうですよ。絶対に、誰にも負けません」

「お幸せにね」

リアーネがにっこり笑って手を差し出すと、意図を理解した彼女はおずおずと握り返してきた。

きっと、リアーネに責められると思っていたのだろう。それなのに握手を求められて困惑しているのが伝わってくる。

「リアーネ様も、お幸せに」

プリシアは小さくペコリと頭を下げると、カースティンのもとへ戻っていった。

腑抜けた彼には呆れたが、彼女がそばにいるのならきっと大丈夫だろう。

そんなふうに思えるくらい、リアーネの中で二人のことはもう片付いていた。

その後、国王陛下から再びお言葉を賜り、リアーネは今回の流行り病を鎮めたことへの感謝を伝えられた。

そして、今後ミルトエンデとラウベルグのより一層の友好のための架け橋となるよう頼まれたのだった。

「……シルヴェストル様、ありがとうございました」

ミルトエンデで歓待を受けた翌日。

リアーネたちはまた慌ただしくラウベルグへの帰路についた。

その道中の馬車の中、シルヴェストルにお礼を伝えた。

アーベライン家の処分も、カースティンからの謝罪も、すべて彼が仕組んでくれたことだろう。それがわかるからお礼を言ったのだが、彼は何でもないことのように微笑む。

「私はただ、報いを受けて当然の者に報いを受けさせただけだ。君の憂いを取り除きたかったし、我が国の大切な〝救国の女神〟が貶《おとし》められたままでは納得がいかなかったからな」

「ミルトエンデでの私の名誉は、ずっと回復しないままだと思っていたので……ありがとうございました」

彼の優しさが嬉しくて、リアーネの胸に温かなものが広がる。彼はいろんな方法で、どれだけリアーネが大切なのか知らせてくれるから、そのたびに心が強くなっていくようだ。

大切にされるのは力になるのだと、シルヴェストルはいつも様々な形で教えてくれる。

「さあ、これで君の憂いを晴らせただろうか？」

「はい」

頷きながら、リアーネは彼と出会えた幸運に感謝した。

彼と出会わなければ、損なわれた名誉を回復することもできなかったし、こんなふうに幸せではなかっただろう。

この幸せを失わないようにと、帰国後もリアーネは流行り病の収束に向けてより一層熱心に働いた。

とはいえ、日常は戻りつつあり、リアーネとシルヴェストルはよくお茶を共にして過ごしている。

今日も、犬ぞりの犬たちの可愛い話や、ティムの女装が一部界隈《かいわい》で人気を得てしまっている話などを、とりとめもなく話していた。

「お二人とも、そろそろ結婚式の打ち合わせのお時間ですよ」

時間を忘れて楽しいおしゃべりに興じていると、ティムが呼びに来た。今日はいつもの従者の格好をできているところを見ると、元気なご婦人たちに捕まって着せ替え人形にはされなかったのだろう。

「そういえば、今日はお針子さんたちが来る日だったわね……」

予定を思い出したものの、リアーネの顔は曇る。本来であれば喜ばしいことの準備のはずなのに、リアーネの中では迷いが生まれていた。

「姫、何か気がかりなことがあるのですか？」

ティムに心配そうに顔を覗《のぞ》きこまれ慌てて首を振るものの、リアーネの表情は晴れない。

「こんな大変なときに結婚式なんか挙げて、いいのかと思ってしまって……」

ここのところずっと心に引っかかっていたことを口にする。日常を取り戻しつつあるといっても、まだその途上だ。そのため、結婚式は延期にすべきではないかと思うのだが、リアーネの不安をよそに周りの準備は進んでいっている。

「そのことを気にしていたのか……だが、大変なことがあったときだからこそ、めでたいことで上書きしなくてはと私は思う。何より、民たちは〝救国の女神〟の婚礼を楽しみにしているようだぞ」

「そうですよ、姫。挙式に合わせて民たちは祭りをすると言って張り切っているようです。つらく厳しい冬のあとには、楽しいことがなくては」

リアーネの不安を跳ね除《の》けるように、シルヴェストルもティムも微笑む。彼らはなおも安心させるかのように、リアーネをモデルとした物語が出版された話や、それを国民たちがとても楽しんでいてくれること、それに伴いリアーネとシルヴェストルの結婚式もひとつのイベントとして期待されていることを教えてくれた。

「そうなのですね……それなら、やる意味も価値もあるのかもしれません」

「ああ、あるとも。みんなに美しいリアーネの姿を見せてやろう」

シルヴェストルに説得され、それからリアーネはお針子たちとの婚礼衣装の打ち合わせをした。

王太子夫妻の結婚式もかなりの盛り上がりで、そのとき王太子妃が身につけていた婚礼衣装に似せた意匠のドレスが貴族や富裕層をはじめ、庶民にも流行ったのだという。そのため、リアーネのドレスも新たな流行を作り出すものとして、期待を込めて準備が進められている。

「女神が地上に舞い降りたかのような、そんな素晴らしい意匠にしましょうね」と、張り切って作り出されたドレスは、特別な仕上がりとなった。

ドレス自体に細かな切り替えはなく、ストンと下に落ちるシルエットは神秘的で、それでいてリアーネの肢体を美しく見せていた。装飾は繊細なレースと、薄布で作られた小さな花。それが裾に向かうごとにたくさん縫いつけられた様子は、まるでリアーネが花畑を歩いているかのように見せていた。

そのドレスを着て、レースでできたヴェールを被って歩くリアーネの姿は、狙い通り女神じみていた。

馬車を降りて教会までの絨毯《じゅうたん》を歩く姿を見守る人々の口からは、感嘆の溜め息が漏れるほどだった。

だが、最もリアーネの姿に見惚《みと》れていたのは祭壇の前で待つシルヴェストルだろう。

扉が開き、リアーネが入ってきたのを確認すると、彼は呼吸も忘れて瞠目《どうもく》していた。

「……何と美しいのだろう。私は本当に、女神を娶《めと》るのではないかと思ったほどだ」

目の前にやってきたリアーネを見て、彼はようやくそう言った。冗談めかした口調ではあるが、彼が頬をほんのり赤らめ、まるで少年のように照れていることから、本心であるのが伝わってくる。

「女神ではなくあなたの鞘です、シルヴェストル様。あの夜、あなたに出会えたことは運命だったのだと、今しみじみと噛《か》み締《し》めております」

リアーネも緊張しながら言うと、彼ははにかんだ。凛々しい顔立ちに浮かぶこの表情が、リアーネはとても好きだと思う。

それから二人は神の前で誓いを交わし、大勢の人々から祝福されながら夫婦となったのだった。


新婚旅行は、王妃の実家である侯爵家の別荘がある、南方の地へ向かった。

途中で休みながらの馬車移動で、景色を楽しみながらの道中となった。

シルヴェストルはずっとご機嫌で、様々なことをリアーネに教えてくれた。王都以外のラウベルグの魅力をリアーネに伝えたくてたまらない様子だった。

新婚旅行といえば、寝所で彼に手ひどく抱かれてしまうことしか考えていなかったから、少し面食らってしまったが、旅を続けるうちにそれは意識の外に追いやられていった。

旅行は、目的地につくまでも含まれているのだ。立ち寄る先々でその土地の食べ物や文化に触れ、リアーネは旅する楽しさを満喫していた。

思えば、実家にいたときは領地屋敷から社交シーズンに王都へ向かうときくらいしか長旅はしないし、家族と出かけることはちっとも楽しくなった。ミルトエンデから脱出してラウベルグへ向かう道中も楽しくはあったが、肝が冷える場面も何度かあったから、本当に心から楽しんで旅をするのは生まれて初めてだった。

「新婚旅行は夫婦の仲を深めるためのものだが、この旅でリアーネにラウベルグのことをもっと好きになってもらいたいのだ」

ある町に立ち寄ったとき、シルヴェストルがしみじみとそう言った。それから、別荘に着いてからの予定や計画を嬉しそうに話していた。

だから、リアーネは油断していたのだ。

抱き潰すと言っていたのはあくまで比喩で、彼はちゃんとリアーネを休ませて旅行を楽しませてくれる気があるのだと。

しかし、別荘に到着してすぐ、それが甘い考えだったと気づかされる。

「ようやく、君とゆっくりできるな」

夫婦で過ごすための部屋へと案内された途端、シルヴェストルはそう言って後ろからリアーネの体を抱きしめた。

荒くて熱のこもった息遣いから、彼がすぐにでも行為に及べるくらいに高まっているのを感じさせる。

リアーネとて、二人きりになれるのを楽しみにしてはいたのだ。道中に宿泊することはあったが、次の日もまた移動なのを考えてか彼は触れてこなかった。

すべて、別荘についてからのために体力も欲望も取ってあるのだと理解して、リアーネも勝手に期待してしまっていた。

だが、彼に求められるますぐに体を差し出すわけにはいかない。

「シルヴェストル様、あの……支度をさせてください」

「支度？　体の準備ならば私がしてやる」

「そ、そうではなくて……花嫁にはいろいろと整えたい準備があるのです」

日頃ならばリアーネの言い分をすぐに呑んでくれるだろうに、彼は無視してドレスの裾をたくし上げようとしていた。このままでは、服を脱ぐことすらままならず、乱暴に抱かれてしまうだろう。

それはそれでそそるものがあるが、リアーネは何としても口にしなければならない薬があった。

新婚旅行に向けて、フィルが侍医から預かってきたという薬なのだが、どうやら簡単に言うと精力剤のようなものらしい。

「これを飲んで臨めば、いくらか体も保つだろう。くれぐれも夫君には渡すなよ」というのが、あの老侍医からの伝言だという。

精力剤がシルヴェストルの手に渡ったら、それこそ自身の命が危ないとリアーネは本気で考えている。だから、本当は夜に彼の訪れを待つ際にでも服用しようと考えていたのだ。

夜を待たず抱きたいという彼の願いには応じたいが、どうにか薬を口にする時間は稼がねばならない。

「……シルヴェストル様にお見せしたくて、用意した下着があるのです。せめて、それを身に着ける時間をください……」

太ももを弄る彼の手に自分の手を重ね、そっとたしなめつつ伝える。自分でも何て大胆なことを言っているのだと思うが、こうでもしなければ彼はきっと退いてくれないだろう。

「リアーネは何を着ていても、何も着なくても可愛いからな……だが、私のために用意したというのなら、見てみたい気がする」

ふっと耳に息を吹き込みながら、艶《つや》めく声で彼は言った。リアーネが耳が弱いのを、きちんと心得ている。

「用意が整ったら、お声をかけますので……」

「わかった。――半刻後にドアの前で待つよ」

リアーネが拒んでいるわけではなく、本当に支度がしたいだけなのだと伝わったのか、シルヴェストルはようやく背後からの戒めを解いた。

彼が部屋から出ていくのを見届けてから、リアーネはすぐに荷物から薬の小瓶を取り出し、蓋を開けて中身をあおる。

「んっ……？」

独特の風味と舌触りの液体で、嚥下《えんげ》するとカッと喉が熱くなる心地がした。しかし、飲み下してしまうと、特に何か体に変化があるようには感じられない。

即効性はないのか、もしくはやはり気休め程度なのか。わからないが、彼を待たせているのだ。

リアーネは、荷物の中から今度はこの旅行のために用意された下着を取り出す。特別製の繊細な布地とレースでできた、上等な品だ。

フィルにこれを手渡されたとき、少し大胆ではあるものの、可愛らしい意匠だと思っていた。しかし、昼間の明るさの下で見ると、これがいかに淫靡なものなのかわかる。

「これ……本当に着るの……？」

覚悟を決めて身に着けていたものを脱ぎ去ったはいいものの、いざ下着を手にすると躊《ため》躇《ら》いが生まれた。

夜の薄暗がりの中ならまだしも、明るい時間に着るにはあまりにも淫らが過ぎる。

手に持つだけでもわかるほど、布地の下の肌が透ける。そして、胸部や腰のあたりを覆う部分は繊細なレースでできており、着る前からそれが少しも隠してくれないのがわかる。

「……はぁ」

案の定、着てみるとそれはひどく無防備な装いだった。形はシュミーズと変わらないが、着たときに与える印象は全く異なっている。

もたもたしていたせいで、おそらくもう半刻は過ぎただろう。シルヴェストルが、きっとドアの前で待っている。

ドア越しに声をかけてしまったら、彼はまた部屋に入ってくるのだ。そしてリアーネのこの姿を目にして、より一層高まることだろう。

「……これでは、誘っているみたいだわ」

口に出して言ってから、リアーネは気づいた。自分は、彼を誘っているのだと。

結婚式を挙げ、晴れて夫婦となり、これから何を憚《はばか》ることなく睦《むつ》み合うことができるのだ。これまで何度も体を重ねたが、それらとは意味合いが違う。

「妃殿下には多少体がつらくとも、耐えてもらわねばならないからな。何せシルヴェストル王子殿下に嫁がれたのだ。強い御子《みこ》をたくさん産んでくださらんと」とも、侍医は言っていたという。

つまり、これから二人がするのは子作りだ。そう理解すると、体の奥が疼いた。彼に激しく突き上げられると感じてしまう、奥の奥の、もっとも弱い部分が。

「……シルヴェストル様、お待たせいたしました」

声をかけると、すぐさまドアが開いた。そして部屋に入ってきた彼は、リアーネの姿を見て息を呑む。

だが、彼の視線が何よりも雄弁に物語っていた。

戸惑うように一瞬逸らされたものの、すぐさま引き寄せられるようにリアーネの肢体に釘付《くぎづ》けとなる。

「……それを見せたくて、わざわざ支度をしてくれたのか」

「はい……」

ゆっくりと近づいてくると、彼はリアーネの足元に跪いた。まるで初めて会ったあの夜会での求婚のように。

てっきり、無我夢中で抱きしめてくるかと思ったのに。彼はまだ、理性を保ったままだ。

「美しいな……女神のようだ。この美しい人を独り占めできるのだと思うと、私はとても幸運なのだと実感する」

「女神だなんて……大げさです」

彼はそっとリアーネの手を取り、指先に口づけを落とす。たったそれだけのことで、いかに彼が感激しているかが伝わってきた。

「大げさなものか。君は、自分がいかに美しいかを……その愛らしさと可憐《かれん》さで私を惑わしているのかを知らないのだ」

「んっ……」

彼は跪いたまま、リアーネの脚に触れてくる。触るのは、あらわになった太ももだ。

そっと、優しく撫でられているだけだ。それなのに、リアーネの体にはゾクゾクとさざなみのように快感が広がっていた。

恥ずかしくて、キュッと目をつぶってしまう。それでも彼の手の動きが止むことはない。目を閉じたことにより、さらに感じやすくなった気がする。彼の手の動きだけでなく、息遣いまで意識してしまう。

裾の短い下着が隠しているのは、太ももの中ほどまでだ。つまり、彼にはリアーネの秘められた場所がレース越しに見えているということである。

それに気がついて、弾かれたように目を開けると、うっとりとした表情の彼と目が合う。

「いい眺めだ……触れるうちに、リアーネの花弁から蜜が溢れてくるのがよく見える」

「そんなっ……まだ濡らしてなんて……」

「おや、勘違いだったかな？　それなら、私が濡らしてやればいいだけだ」

「やっ……」

シルヴェストルはリアーネの脚を開かせると、下からその間に顔を埋めた。まさかそんな角度から舐められるとは思っていなかったため、恥ずかしくて逃げ出そうとするが、脚を捕まえられてそれもできない。

そして、容赦なく彼の舌が秘処を攻めてくる。

ちろり、ちろりと、初めはそっと熱い舌を秘裂に押しつけてくるだけだったのが、リアーネが逃げないとわかると、素早い動きに変わっていく。

「いやっ、あっ、シルヴェストルさまっ、だめっ、あぁっ！」

舌先で花芽を恐ろしいほどの速さで舐められ、リアーネは膝から崩れ落ちそうになる。だが、しっかりと彼に脚を摑まれているため、しゃがみこむことすら叶わない。

逃げ場もなく、ただひたすらに快感を与えられる。いきなりこんなことになるとは思っていなかったため、心の準備もできぬまま上り詰めさせられる。

「あっ……あぁっ！」

ビクンと大きく腰を震わせ、リアーネは達した。体から力が抜けそうになるが、彼が支えているから倒れることはない。

「果てるのはもう少し指で解してからと思ったが……いつもより感じやすいな。やはり、君も期待していたのか」

「んっ、は、ぁ……」

立ち上がったシルヴェストルは、今度は口づけながらリアーネの尻を撫でる。曲線を楽しむように指を滑らせていたかと思えば、柔らかな肉に指先を食い込ませるほど揉みしだいたりする。

「この丸くて美しい尻も可愛いな。――今日はまず、この美しい尻を堪能しながら可愛がってやろうか」

そう言ってから、シルヴェストルは口づけてくる。見つめる瞳が、完全に獲物を狙う獣のものになった。

「そうだな……リアーネ、あのテーブルに手をついてごらん」

「え……」

彼が視線で指し示したのは、部屋の中にある小さなテーブルだ。彼が何をしようとしているのかわかって、リアーネは戸惑いながらもそれに従う。先ほど達したものの、満たされるどころかもっと触れられたくなってしまい、戸惑いよりも期待が大きい。

「こう、ですか……?」

彼に背を向けて、リアーネはテーブルに手をついた。彼が今どんな顔をしているのかわからず、不安になる。

「もっと尻を突き出してみてくれ。そうだ。薄紅色の可愛い花を私に見せてくれ」

「……はい」

彼が求めることを理解して、リアーネは言われるがままにした。羞恥によって頬が熱くなっているが、背を向けているから彼にはそれは見えていない。

「何て可愛いんだ。これからここに、私のものを挿れてやるからな」

「あっ、ぁんっ」

シルヴェストルの指が、秘裂をなぞった。ぬち……と湿った音がして、そこが濡れているのが見えずとも伝わってくる。

　彼の節々とした指で自分の敏感な場所を撫でられているのだと思うと、それだけで興奮してしまう。その証拠に、撫でられるごとに蜜が滲んできて、太ももに滴るほどだ。

　秘裂をなぞっていた指先は、やがてその上で膨らんで存在を主張し始めていた花芽へと伸ばされる。蜜をまぶすように優しく捏ねられただけで、たまらなくなったリアーネの腰が跳ねる。

「そんなにねだらなくても、ちゃんと触れてやるから……可愛がればこうして濡れることができる、素直で愛らしい体だな」

「あ、あぁっ、ん……ぁあんっ！」

　花芽を撫でながら、別の指がつぷ……と花弁の中心へと突き立てられた。待ちわびていた内側への愛撫に、濡れた肉襞が絡みつくように収縮する。

　いつもはゆっくりと浅いところで抜き挿しする彼の指が、今日は素早く動かされる。しかも、気がつくと二本に増やされ、荒々しく擦られていた。

　いやらしい水音が、部屋の中に響いている。それが自分の中からする音だということを意識すると、恥ずかしいと思いつつ感じてしまい、リアーネは彼の指を締めつけてしまった。それにより、さらなる快感を生む。

「やだっ……シルヴェストルさまっ、なにか、来ちゃうっ……」

体の奥からせり上がってくるかのような、強烈な快感の波が押し寄せてきていた。だが、このままではまたあっけなく果てさせられてしまうと覚悟していたのに、唐突に蜜壺から指が引き抜かれた。

あとわずかで頂に届くというところで愛撫を止められ、リアーネは不安で振り返る。だが、すぐに彼が何をしようとしているのかわかって、期待に体が疼く。

「今度は私のもので可愛がってやる。さあ、君の可愛い部分をもっと見せて」

「う……はい」

恥じらいながらも、彼のものを受け入れやすい格好になる。尻を高く突き出したその姿勢はひどく淫らで無防備で、リアーネの頬は羞恥に赤く染まる。

だが、体は恥じらうよりも素直に反応して、先ほどまで彼の指に愛撫されていた秘裂は、蜜を溢れさせ小さな口をひくつかせて彼の訪れを待っている。

「んっ……あ、あぁ……」

屹立の先端が押しつけられると、少し腰を動かしただけでそこは彼のものを呑み込む。だが、指二本で広げられただけでは、やはりそこはまだ狭く、彼のものを締めつけてしまう。

「狭いな……すぐにでも搾り取られてしまいそうだ」

「あ、あっ、ひぁっ、んっ」

「ほら。ここも気持ちよくしてやるから、体の力を抜いて私のものを受け入れてくれ」

「やっ、だって……大きいからっ」

背後から手を伸ばしたシルヴェストルは、なだめるように花芽を捏ねた。蜜が絡むようにゆっくりそっと力を挿れて捏ねられると、リアーネは感じてしまい、さらに締めつけを強くする。

「そんなに締めつけるということは、奥よりもここを可愛がってほしいのだな？」

「あっ……！」

締めつけが激しいため、先に進むのを諦めた彼は、浅いところで抜き挿しを始めた。そこは先ほどまで指で愛でられていた、リアーネの弱い部分だ。

肉槍の嵩《かさ》高い部分で繰り返し擦ってやると、リアーネは再び快楽の階をのぼり始める。花芽への刺激と相まって、先ほどよりも大きな波が押し寄せて来ているのを感じていた。

「あっ、んん、あぁっ、あぅ……来るッ……」

「ああ。好きなだけ達するといい」

「……シルヴェストルさま……あぁ、出ちゃ、うっ……！」

リアーネが高ぶるのに合わせて、シルヴェストルの指は花芽を思いきりつねった。その強すぎる刺激によって絶頂へと達したリアーネは、彼のものを食い締めながら飛沫を上げた。

その直後。さらなる刺激が脳天からつま先までを貫く。彼が、リアーネが達したその隙に肉槍で一気に奥まで攻めいったのだ。

「あっ……！」

「あぁ……根元まで入ったぞ。リアーネはここも好きだろう？　ここを何度も可愛がって、溢れるほどに注いでやるからな」

　愉悦の笑みを浮かべながら、シルヴェストルはゆっくり引き抜き、一気に奥まで貫くという動きを繰り返した。そうすると抜くときに張り出した先端が浅いところの弱い部分を刺激し、突き入れるとき奥の好いところを力強く押し潰すことができるからだ。そして、その動きはリアーネの体が最も好んでいる。

「シルヴェストルさま、まってぇっ……まだ、果てたばかりで……あぁんっ」

「そんなふうに甘えた声で尻を振りながら言われても、説得力はないな。大丈夫だから、何度でも果てなさい」

「やだぁ……あぁっ」

　何度も緊張と弛《し》緩《かん》を繰り返したリアーネの体は、まるで全力疾走したあとのようになっていた。呼吸は乱れ、心臓は激しく鼓動を打っている。羞恥と快感によって、頭もひどく熱を感じていた。

　だが、彼のものを受け入れる肉襞は悦びに震えていた。奥へ奥へと誘うように蠢いて、彼の欲望を搾り取ろうと蠕動している。

「そろそろ、か……」

「んっ、あぁ……あ、あっ、あぅんっ、あぁっ」

一度目の果てへ向けて、シルヴェストルが腰の動きを速めた。勢い良く引き抜き一気に貫くという動きにより、蜜が激しくかき出される音がする。そこにリアーネの荒い息遣いと嬌声《きょうせい》と、肉と肉がぶつかり合う音が混じる。それはひどく淫らで、リアーネの羞恥と快感をさらに高ぶらせた。

「んっ、んんっ……あぁぁっ！」

「……っ、は……リアーネ……ッ！」

ぐりっと最奥までねじ込むと、シルヴェストルはそこで欲望を解き放った。旅行の間ずっとくすぶり続けていた熱を、すべて注ぐかのような激しい奔流だった。

それを受け止めながら、リアーネの内側は歓喜にわなないていた。リアーネの体も、この瞬間《ま》を待ち侘《わ》びていたのだ。

「あぅっ」

ずるり……と彼のものが引き抜かれると、それさえも気持ちよくなってしまい、腰砕けになってリアーネの体はよろめいた。それを優しく支えながら、シルヴェストルがそっと耳元で囁いてきた。

「リアーネ、抱っこしてあげるから、私に捕まって」

「はい……」

寝台に運んでもらえるのだろうと考え、リアーネは素直に彼の言葉に応じた。少し恥ずかしいが、腕を広げて待つ彼の首に捕まり、両腕を広げる。しかし、彼が膝の裏に手を回して抱え上げた直後、信じられないことが起きた。

「いやぁっ」

広げられた両脚の中心を、彼のものが下から貫いてきたのだ。そしてそのまま、激しく何度も抜き挿しされる。

達した直後に挿入されるだけでもかなりの負担なのに、不安定な体勢での行為に、怖くてリアーネは涙目になった。だが、彼の体にしがみつくしかなく、それではもっと可愛がってほしいとねだるようになってしまう。

「シルヴェストルさ、まっ、落ちちゃうっ、あぁっ」

「落とすものか」

「やだぁ……怖い……ぁあんっ」

「……早く下ろしてほしかったら、私を感じさせてごらん。ほら、舌を出して」

快楽と恐怖で涙目になっているリアーネを、シルヴェストルは悪い笑みを浮かべて見ていた。泣き顔は彼の劣情を刺激してしまうだけらしい。わかっていても、リアーネは顔をくしゃくしゃにするのをやめられなかった。

言われるがまま舌を差し出すと、それを彼は舌なめずりするような表情で見た。きっと、ひどくはしたない顔をしているのだろう。だが、しゃぶりつくように彼に舌を啜られると、とろけるような気持ちよさに、そんなことはもう気にならなくなってしまった。

「んくっ、ふぁ、んっ」

淫らに舌を絡め合う口づけを交わしながら、下から貫かれる快感に溺れる。普通の体勢よりも力強く奥を穿たれるその感覚に、リアーネはたちまちのぼりつめる。

「ああ……いい」

蜜に濡れた肉襞の締めつけにたまらず、シルヴェストルも吐息を漏らした。眉根を寄せ、欲を吐き出したい衝動に耐えながら、彼は腰を振りたくる。

「あぅんっ、あっ、んんっ、んぁっ」

勢いよく引き抜き、一気に貫くという動きを繰り返すうちに、リアーネは高みへと上りつめていく。淫らに彼のものを食い締めながら、自ら腰を振り、さらなる快感をねだる。

「あ……たまらないな……」

容赦なく吐精を促す蜜壺の動きに、シルヴェストルの息は上がってきていた。まだこの体勢での行為を楽しみたいとこらえていたが、絡みつく肉襞の蠢きに耐えられそうになかった。

歯を食いしばり、快感をやりすごしながらひと際激しく腰を振る。リアーネは振り落とされまいと、悲鳴のような嬌声を上げながら彼のものを締めつける。

「……受け止めてくれっ」

「んっ……んあぁぁっ」

先ほどよりもさらに勢いよく、欲望が放出された。ぐちゅりと最奥を穿ったその直後のことだったため、二人の絶頂は同時に訪れる。

意識を飛ばし、ただ蜜壺を震わせながらリアーネは彼にしがみついていた。その体を落とさぬように抱えて、今度こそシルヴェストルは寝台に向かう。

「まだやれるな？　我が鞘よ」

寝台に横たえたリアーネの体に覆いかぶさり、シルヴェストルは問う。本当は少しくらい休ませてほしいが、彼の瞳には有無を言わせぬ力強さがあり、つい頷いていた。

薬のおかげか、初めて三度目の行為に耐えられそうな気もしていた。

「……次は、抱きしめて口づけながら優しくしてください」

獣のような激しい行為ではなく、うんと優しく抱いてほしい。そう思って、リアーネはねだった。するとと彼はとろけそうに甘い笑みを浮かべて頷く。

「ああ。何度でも天国へ連れて行ってやる」

「んんっ」

強く吸いつくように口づけると、彼はすぐさまリアーネの中へと入ってくる。だが、いきなり激しく抜き挿しはせず、ゆっくり優しく動かした。

それはじわじわと快感を生み、痺れるみたいな気持ちよさとなる。

激情のままに抱かれるのも好きだが、リアーネはやはり、時間をかけて高められるのが好きだ。シルヴェストルもそれを承知しているのか、とても優しく抱いてくれた。

口づけて、髪を撫で、胸や花芽を愛で、じわじわと性感を高めていく。

だが、そうしてたどり着く先も、やはり快楽の頂点だ。

リアーネはさざなみに浚《さら》われいつの間にか沖へと流されるかのように、大きな快感に包まれて意識を手放した。


（絶倫って、こういう人のことを言うのね……）

ぱっちりと目を開けて、めくるめく行為の末に意識を手放したまま眠ってしまったのに気がついて、リアーネは思った。傍らに横たわるシルヴェストルも、今は長い睫毛《まつげ》を伏せて眠っている。

三度目の行為のあと意識を手放してから、そのあと何度か突き上げられる感覚に目を覚ましたが、四度目以降の記憶はない。

だが、体の怠《だる》さから考えて、彼にそれ以上の回数抱かれているのは間違いなさそうだ。

水を飲みたくて体を起こすと、これまでに注がれたものが溢《あふ》れ出た。シーツを濡らし、その冷たさに身震いをするが、すぐに自分の体の奥が火照ってくるのを感じた。

「あの薬って、もしかしてそういう……」

体が熱を持ち始めるのがわかると、脳裏によぎるのは行為の前に服用した薬のことだ。精力剤であるのは間違いないが、もしかすると媚薬《びやく》のような成分も含まれていたのかもしれない。

（でも……今夜はもう無理だよ……）

注いだ水を飲みながら、リアーネは震える。意識を失うほど激しく抱かれたのだ。このあとさらになんて、無理に決まっている。何より、シルヴェストルだって疲れ果てて眠っているのである。この隙に、自分も体を休めるのが正解なのはわかりきっている。

だが、自分でもよくわからないが、リアーネはシルヴェストルに触れたくてたまらなくなっていた。おかしな薬のせいにしてしまえば、それでいい気もしてくる。

（口や手で欲を解放してあげたら、そのぶん女性の負担も減るというし……）

以前、夜会のご婦人たちの内緒話を小耳に挟んで得た知識をこんなときに思い出し、リアーネは自分に言い訳する。眠っている彼を気持ちよくさせていれば、後々求められる回数が減って楽になるはずだと。

力を失ってもなお立派な彼のものにそろそろと手を伸ばすとき、自分の胸に言いようのない悦びが浮かんでいることには、気づかないふりをして。

柔らかな彼のものをそっと摑んで、そこに唇を寄せてみた。知識として知ってはいても、これまで実践したことはない。彼も、するようには言わなかった。

だがいつも、彼にばかり気持ちよくしてもらうのは申し訳ない気がしていたのだ。彼が唇と舌で気持ちよくしてくれるのなら、リアーネだってしてあげたい。

そう思って、そっと口に含む。

「ん……」

眠っていても体は反応するらしく、彼のものは口に含むとすぐ、芯を取り戻した。唾液を絡ませるように先端を舐めるうちに、手の中のものは太さも硬さも取り戻していき、やがて握るのも咥えるのも難しくなる。

口淫を続けるうちに、熾火《おきび》のような体の中の熱は、冷めるどころかより大きくなっていく。彼の雄々しい屹立が日頃の立派な姿を取り戻す頃には、リアーネはすっかり発情しきっていた。

舐めるだけでは足りず、その屹立を身の内に呑み込みたいと思うようになっていた。

だが、まだそこまでする勇気が持てない。劣情より羞恥が勝る。

だから、リアーネはどうしたらいいかわからず、膝をすり合わせて腰を揺らしながら、彼への愛撫を続けていた。

「……熱烈なお誘いだなと思っていたが、なかなかこれ以上先へは進んでくれないのだな」

「シルヴェスト様っ……!?」

夢中で舐めていると、気がつけば彼が目覚めていた。その艶っぽい笑みを見れば、もっと早くに起きていたのかもしれない。リアーネが何をするのか、寝たふりをして様子をうかがっていたのだろうか。

「えっと、あの……」

恥ずかしさに顔を真っ赤にしながら言葉に詰まっていると、彼の手がするりと頬を撫でてきた。

寝起きだというのに、おそろしく艶っぽい。そしてすっかり、獲物を狙う獣の目つきになっている。

「リアーネは、最初の子供は男の子と女の子なら、どっちが欲しい?」

「え……? 男の子、ですかね」

何やら意味深に尋ねられたが、その意図がわからなかった。わからないながらも首を傾《かし》げつつ答えると、彼の笑みが深くなる。

「では、上においで。妻が上になったほうが、男の子を授かる確率が上がるらしい」

本当かどうかわからないが、と付け足しつつも、シルヴェストルはしっかりとリアーネの手首を摑んでいた。こっちにおいで、早く上に乗ってと、無言で訴えかけてくる。

「少し休んだから、とても元気だ。リアーネが動けなくなっても私が可愛がってやるから、安心しておいで」

そう言って微笑む彼の瞳の奥には、剣呑《けんのん》な光が宿っている。それを見れば、一度や二度では寝かせてもらえないだろうとわかって、リアーネは身震いする。

やはり、あのまま寝かせていたほうがよかったのだ。自分の軽率さを後悔しつつ、導かれるまま彼に跨《また》がった。

そしてまた朝まで、繰り返しシルヴェストルに愛でられたのだった。

＊＊＊

元気な男の子たちが、木の棒を手に打ち合いをしていた。とはいえ、大人たちにきつく言い含められているから、あくまでも真似《まね》だけだ。本当に叩くようなことをすれば、よく似た顔の従者二人がすっ飛んできて、プチプチ小言を言うから。

子供たちは心得たもので、「えいっ」「やー」と威勢のいい掛け声を上げて戦いごっこの真似《まね》はするが、本当に怪我をするような危ない真似はしない。

金色の髪をした男の子と、その子よりもやや小さな体の黒髪の男の子だ。二人共子供ながら美しい顔立ちをしていて、おとなしくしていればお人形のようだ。

だが、どちらもやんちゃ盛りで、おとなしさとは無縁だ。そして、その勇ましさを周りの大人たちが喜んで受け入れてしまっているから、二人が小さいながらも紳士的な振る舞いを身につける日は遠そうだ。

「あ、やばい！　ティムが走ってきたぞ！」

金髪の男の子が叫ぶと、黒髪の男の子も慌ててそちらを見た。すると確かに従者のひとりがこちらに向かって走ってきている。しかし、果たしてそれはティムだろうかと首を傾げた。

「あれはフィルじゃない？」

「どっちかわかんないよ！　だっておんなじ顔だもん！」

双子の従者はこうしてたびたび子供たちを悩ませるのだが、今はその従者のほうが困っている様子だ。

「ぼっちゃま！　お嬢様を見かけませんでしたか？」

ティムだかフィルだかわからない従者は、慌てた様子で尋ねてきた。どうやら、男の子の妹がいなくなったらしい。

「あの子、またいなくなったの？」

「はい。お散歩をして木陰で眠そうにしていらしたのでお昼寝を……と思っていたら、目を離した隙にいなくなってしまっていて……」

「わかった。ぼくも探すよ」

黒髪の男の子は兄らしく、誇らしげな顔をする。すると隣で話を聞いていた金髪の男の子も、我もと手を上げる。

「ぼくも一緒に行く」

「ですが……王子に何かあっては困ります」

王子と呼ばれた金髪の男の子は、王太子夫妻の第一子だ。歳《とし》の近い黒髪の男の子は彼の従弟で、実の兄弟のように育っている。

この黒髪の男の子は、シルヴェストルとリアーネの子供だ。そして、いなくなったお嬢様は、その下の子供である。

「元気な子とはいえ、そんなに遠くに行けるものかな？」

小走りに進みながら、小さな王子は考え込んだ。従妹《いとこ》はまだ三歳で、歩けるとはいえたかが知れているのではないかと。しかし、従者は困った顔で首を振る。

「近くは探し回りましたが、どこにも……」

「そうか……王城の庭は広いからな。すみずみまで探すとなると難しいぞ」

王子と従者が考え込む中、黒髪の男の子だけはあたりをキョロキョロと見回していた。

彼の視線が注がれるのは、やや高い位置だ。そして、しばらくしてある一点に注がれる。

「いたよ！」

彼が指差すのは、ある木の上だ。結構な高さの枝に、幼女がしがみついている。

「あんなところに……！　お昼寝していたすぐそばじゃないですか！」

気づいた従者が、すぐに駆け出す。男の子たちも、それに続いた。

「姫、だめですよ木登りなんか。さあ、落っこちないうちに下りてきましょうね」

従者が木のそばに寄って声をかけるも、小さなお姫様はぷいっと顔を背けて拒絶した。

銀色の髪を肩口で切《き》り揃《そろ》えた、これまたお人形のように可愛らしい女の子だが、その顔に浮かぶのは不満そうな表情だ。

「おいで、姫。兄様が遊んでやるから」

王子がちゃっかりそう言うと、黒髪の男の子はたちまち目を釣り上げた。

「お兄ちゃんはぼくだ！　ぼくの妹だ！」

「なんだよケチ！　ぼくだって妹が欲しいんだ！」

「だめだよ、あげないよ！」

オロオロする従者をよそに、男の子たちは喧嘩《けんか》を始めてしまった。その様子を小さなお姫様は涼し気な表情で見ていたが、すぐに興味をなくしてしまった。

そしてその視線は、遠くへ向けられる。

「ととさま」

「えー、やっぱり主君の言うことしか聞いてくれない感じですか？　今、ティムが呼びに行ってますからね」

「んー！　ととさま！」

「駄々《だだ》をこねないでくださいよ。主君だって呼ばれてすぐ駆けつけられるわけがないでしょう？」

小さな手を伸ばして父を求める様子に、従者は困り顔になった。お姫様は断固とした意思を持って、手を伸ばしているようだ。

それもそのはず。彼女の目には、遠くから父がやってきているのが見えていたのだ。あと少しで自分のところに来てくれるとわかって、途端に満面の笑みが浮かぶ。

「ととさま！」

「ああ、間に合った。お前が木から落っこちるのではないかと心配だったよ。いつの間にそんな芸当を身につけたんだ？」

「きゃー」

シルヴェストルが抱き上げると、小さな姫は喜びの声を上げて抱きついた。その様子を王子と兄が羨ましそうに見ているのに気づく様子はない。

「この子ったら、本当に足腰が強いのね」

遅れてその場に到着したのは、丸くせり出したお腹を抱えたリアーネだ。母の登場に黒髪の男の子も小さなお姫様も嬉しそうにする。三人目を妊娠中のリアーネは従者に止められつつも、こうして子供たちと外遊びをするのを楽しみにしている。

「この子はこの前、婦人たちのウォーキングの会に混じってかなりの距離を歩いたのよ。あれは結構な距離なのに……本当に、一体誰に似たのかしら」

頬に手を当てて困った顔をするリアーネを見て、一堂は「君だよ」「母様だね」「叔母上では」「姫ですよ」という言葉を呑み込んで微笑んでいた。

リアーネは産前産後にもできる運動はないかといろいろ考案し、産んで数ヶ月のうちに体型を元に戻すという難しいことをやってのけてから、ますます女性たちからの支持を集めている。

何年も前、寒い冬にたちの悪い病が流行ったときも先頭で指揮を取り、早期収束に向けて動いたことで〝救国の女神〟などと国民から呼ばれているが、実際は美と健康に気を使うただの貴婦人だ。

しかも夫婦共々、自分たちがかなり元気に動ける部類の壮健な人間であることは自覚がないため、しばしば周りは振り回されるが、それでも人がついてくるのは人徳である。

そんな彼らの子供たちも元気いっぱいで、将来有望だと目されている。もちろん、まだ生まれていないお腹の子供も。

「母様、次の子は男の子かなぁ？　ぼく、弟も欲しいんだ」

「そうねぇ。このお腹の出方は男の子じゃないかというのが先生の見立てだけれど、あなたのときはお腹はあまり出なかったからわからないわよね」

甘えてくる息子に、リアーネは後ろから見たときお腹のあたりに丸みがあるシルエットのときは女の子、横や前から見たとき張り出すようなお腹の出方のときは男の子を妊娠しているときが多いのだという話を教えた。

それを聞いていた王子が、やや不満そうな声を出す。

「ぼくは次も女の子がいいなぁ。だって可愛いんだもん」

「ああ、わかるよ。息子も可愛いが、娘の可愛さは格別だ。この可愛い姫がもうひとり増えるのも悪くない」

小さな娘に頬ずりしながらシルヴェストルが応じる。城内では知らぬ者がいないほどの溺愛ぶりで、この調子では将来どこにも嫁がさないのではと笑われているほどだ。

父と兄と従兄《いとこ》に甘やかされ可愛がられ、我が娘がとんでもないわがままになってしまわないかと、リアーネは心配している。だが、娘が可愛いのはリアーネも同じだ。

一人目の出産と違いひどい難産だった二人目を産んだ直後、リアーネはもう子供は産みたくないと思っていた。だが、ひとたび娘を抱いた途端、あまりの可愛さに味わった苦痛の記憶が即座に吹き飛んだのである。

それにより、睦み合ってこうして三人目を授かっている。

家族に恵まれなかったリアーネは、ラウベルグにやってきて温かい家族を得て、幸せに暮らしている。

前世の記憶を取り戻してから足掻《あが》いて、どうにか自身とシルヴェストルに降りかかる死の運命を回避できたのだ。

さらにその努力が、この国と隣国との関係をも変えた。

「叔父上、またぼくに剣の稽古をつけてください。ぼくもいずれ、ノアエルメとの親善試合に出たいのです」

目をキラキラさせて王子が言った。彼は剣の道を志すゆえ、自分の父よりも武人であるシルヴェストルを尊敬している。

ノアエルメ帝国はあの年の流行り病により、壊滅的な被害を受けた。そのせいで当時国を主導していた皇帝が死去し、その後王家の残党率いる一派が新たな王を擁立し、王国の建国を宣言した。

それを裏で支持したのが、ラウベルグだった。

病により国民たちが死にゆくことに焦りを覚えた一派が、ラウベルグに助力を求めてきたのだ。

病の収束のために力を貸すのと同時に、革命がうまくいくよう援護した。それにより友好国として関係を結ぶことができ、数年が経過した。

まだ隣国内での小競り合いは絶えないが、どうにかうまくやれている。

友好の印として行われている親善試合も、今年で五回目を迎える。その試合に出場できるのは武人としての誉れだ。だから王子はいずれ自分も出たいと張り切っている。

「そうだな。そろそろ木剣を持って練習してみるか」

「はい！　もう盾で受けるばかりは卒業したいです」

「おや。防御を馬鹿にしてはいけないぞ。盾で受けながら、まずは剣筋を見て覚えることをしなくては」

「でも……ぼくも叔父上のようにかっこよく剣を振るいたいです……」

師の教えに従わねばと思いつつも、やはりかっこいいものへの憧れは捨てられないらしい。王子の弱々しい主張に、シルヴェストルの息子も加勢する。

「ぼくも稽古のとき剣を振るいたい！　早く本物を振るったほうが覚えも早いと思うんだ」

「お前もか……気持ちはわかるが、体ができあがる前に怪我をさせたくはないし……」

甥《おい》と息子の訴えに、シルヴェストルは頭を悩ませる。自身も彼らくらいの年の頃にはすでに剣を振るっていたことを思い出すと、強く否定してばかりもいられないと思うのだ。

だが同時に、生傷が耐えなかった少年時代を思えば、子供たちには怪我なく育ってほしいと思ってしまうのだ。

「それなら、打ち合っても怪我をしない素材で剣を作ってみてはどう？　木剣よりも安全なものを振るわせれば、あなたも子供たちも気が済むのでしょう？」

考え込むシルヴェストルに、リアーネがそう提案する。彼女の中には何か確信があるらしく、素材や形状についても案を出してきた。

妻のこういった思いつきをいつも面白がっている彼は、それを聞いて嬉しそうに頷いた。

「その案は採用だ。すぐに職人たちに言って作らせてみよう。君の思いつきはいつも面白いからな。脱出ゲームのように、流行るかもしれない」

彼が言うように、リアーネが案を出した脱出ゲームという遊びは、今では様々な人が新しいものを考え、いろいろな場所で開催されている。

「楽しく練習できるようになるといいですね。あら、あなたもやる気なの？」

ふと見ると、小さなお姫様はどこかで手に入れた小枝をぶんぶん振っていた。まるで自分も剣術の稽古に参加したがっているかのようで、そんな娘を見てリアーネは微笑む。

「女の子が剣を持つなんて危ないよ！　ぼくが守ってあげるから戦わなくていい！」

「ぼくは女の子が強くてもいいと思うな。もう少し大きくなったら、一緒に稽古をしようね」

兄の心配も従兄《いとこ》の誘いもどうでもいいらしく、小さなお姫様はご機嫌で小枝を振り続ける。それを見て、シルヴェストルもリアーネも声を立てて笑った。

「この子はどんな子になるんだろうなぁ。楽しみだ」

「そうね。元気でいてくれたら、それでいいわ。もちろん、あなたも」

リアーネがお腹に手を添えて言えば、彼女の手にシルヴェストルも自身の手を重ねる。

その姿は幸せそのもので、二人の仲睦まじさがよく伝わってくる。


運命的な出会いを果たした二人は、それからも幸せに仲良く暮らしていく。

その幸せと仲の良さは周囲にも伝播《でんぱ》して、ラウベルグは寒さの厳しい北方に位置する国ながらも末永く豊かに栄える王国となったのだった。

あとがき

こんにちは、猫屋ちゃきです。このたびは今作をお手にとっていただき、ありがとうございます。

今回は、転生モノで、悪役令嬢で、筋肉を愛する主人公とヒーローを書かせていただいたので、とても楽しかったです。

私自身は筋トレをサボりがちですが（笑）、男女ともに鍛えているしなやかな体が好きなため、リアーネのこともシルヴェストルのことも大変気に入っております。しなやかカップル、いいですよね！

特にシルヴェストルがたくましく強く体力があるため、ラブシーンも濃厚で激しいプレイにできたので楽しかったですね。あんな体位もこんな体位も実現できちゃうヒーロー、素晴らしいです。夢を詰め込みました。

私はティーンズラブ小説はいわばカツカレーだと思っておりまして、カツが多ければ多いほどハッピーだと考えております。ティーンズラブにおけるカツとはつまり、ラブシーンのこと。だから、ラブシーンは気合いを入れてたっぷり書いておりますので、ぜひご堪能ください。

もちろん、カツ以外の部分も楽しく読んでいただけるよう美味しく仕上げておりますので、楽しんでいただけたら嬉しいです。

本文はもちろんですが、里南とか先生のイラストも、素敵なシーンを描いていただいておりますので、お楽しみください。筋肉へのこだわりがうるさすぎたので先生にはご迷惑をおかけしてしまいましたが、仕上げていただけてよかったです。私が作った設定書、筋肉の箇所がびっしりで我ながら引きましたが、譲れないものだったのです（笑）

筋肉ヒーロー、書いてみてとても楽しかったので、今後も私の作品に登場すると思います。みなさまにも気に入っていただけましたら幸いです。

それではまた、別の作品でお会いできますように！

猫屋ちゃき

原稿大募集

ヴァニラ文庫では乙女のための官能ロマンス小説を募集しております。
優秀な作品は当社より文庫として刊行いたします。
また、将来性のある方には編集者が担当につき、個別に指導いたします。

◆募集作品

男女の性描写のあるオリジナルロマンス小説（二次創作は不可）。
商業未発表であれば、同人誌・Web 上で発表済みの作品でも応募可能です。

◆応募資格

年齢性別プロアマ問いません。

◆応募要項

・パソコンもしくはワープロ機器を使用した原稿に限ります。
・原稿は A4 判の用紙を横にして、縦書きで 40 字 ×34 行で 110 枚 ~130 枚。
・用紙の 1 枚目に以下の項目を記入してください。
①作品名（ふりがな）/②作家名（ふりがな）/③本名（ふりがな）/
④年齢職業 /⑤連絡先（郵便番号・住所・電話番号）/⑥メールアドレス /
⑦略歴（他紙応募歴等）/⑧サイト URL（なければ省略）
・用紙の 2 枚目に 800 字程度のあらすじを付けてください。
・プリントアウトした作品原稿には必ず通し番号を入れ、右上をクリップなどで綴じてください。

注意事項
・お送りいただいた原稿は返却いたしません。あらかじめご了承ください。
・応募方法は必ず印刷されたものをお送りください。CD-R などのデータのみの応募はお断りいたします。
・採用された方のみ担当者よりご連絡いたします。選考経過・審査結果についてのお問い合わせには応じられませんのでご了承ください。

◆応募先

〒100-0004　東京都千代田区大手町 1-5-1　大手町ファーストスクエアイーストタワー
株式会社ハーパーコリンズ・ジャパン　「ヴァニラ文庫作品募集」係

婚約破棄後、追放された悪役令嬢は隣国の英雄王子に溺愛される

Vanilla《ヴァニラ》文庫

2024年7月5日　第1刷発行　定価はカバーに表示してあります

著　者　猫屋ちゃき　©CHAKI NEKOYA 2024
装　画　里南とか
発行人　鈴木幸辰
発行所　株式会社ハーパーコリンズ・ジャパン
東京都千代田区大手町1-5-1
電話　04-2951-2000（営業）
0570-008091（読者サービス係）

印刷・製本　中央精版印刷株式会社

Printed in Japan ©K.K. HarperCollins Japan 2024 ISBN978-4-596-96110-5